AF211258

Inge Lutz

Silvers abenteuerliche Reise zu den Menschen

Herstellung und Verlag:
Books on Demand GmbH, Norderstedt
ISBN 978-3-8391-2846-6

Silver war ein Fisch in der Größe eines Herings. Er lebte mit seinem Schwarm mitten im Ozean. Sein Leben sah täglich gleich aus und außer fressen und darauf zu achten, nicht selbst gefressen zu werden, geschah nichts Besonderes. Und so begann Silver sich zu langweilen. Mit jedem Tag ein bisschen mehr. Wenn er sich mit den anderen Kollegen darüber unterhalten wollte, schauten diese ihn meist nur verständnislos an und schwammen weiter. Silver aber begann sich hin und wieder vom Schwarm zu entfernen und eigene Runden zu drehen. Obwohl er wusste, dass er damit ein großes Risiko einging, eher von den großen Fischen verschlungen zu werden, konnte er dieser Versuchung nicht widerstehen.

Eines Tages hatte er sich ziemlich weit von seinem Schwarm weg gewagt, als er „Methusa", der Meeresschildkröte, begegnete. Sie lag gemütlich im Wasser und ließ sich von der Strömung treiben. Silver betrachtete sie fasziniert. Schüchtern begann er ein Gespräch: „Was tust Du da?" „Ich träume" entgegnete die Schildkröte. „Aha", antwortete Silver. „Bei uns träumt niemand im Herings-Schwarm. Dazu ist keine Zeit. Alle schwimmen eilig hin und her und müssen darauf achten, dass sie irgendwie in der Reihe bleiben". „Und Du", fragte Methusa, „träumst Du auch nicht?" „Naja", direkt träumen tu ich nicht", entgegnete Silver. „ Aber ich frag' mich schon manchmal ob das alles ist, nur schwimmen und fressen und immer auf der Hut sein, dass man selbst nicht gefressen wird." Methusa sagte: „Das ist der Anfang vom Träumen. Du bist auf der Suche nach mehr. Du willst Dich mit dem Bisschen, das Du bis jetzt kennst, nicht zufrieden geben. Das ist schon eine ganze Menge". Silver zog ein paar elegante Schleifen durchs Wasser. Dann nahm er seinen Mut zusammen und fragte Methusa: „Und wo erfahre ich ob es für mich mehr gibt"? „Du musst Geduld haben", antwortete Methusa. „Wenn Du willst, schwimme ich in einer Woche mit dir zu einem bestimmten Ort. Dort werde ich Dir etwas zeigen. Aber Du musst es wirklich wollen. Denn der Weg dorthin ist gefahrvoll und ich kann Dir nicht versprechen, dass Du heil hinkommst. Du weißt schon, …die großen Fische…." Silver nickte und sagte: „Im Schwarm kann ich genauso gefressen werden wie unterwegs. Dann bin ich lieber mit Dir unterwegs und habe die Chance, falls ich nicht gefressen werde, etwas Wunderbares zu erleben!" Die Schildkröte lächelte, weil ihr die Vorfreude dieses kleinen Fisches gefiel. Er schien ernsthaft auf der Suche nach seinem eigenen Lebenstraum zu sein. Und das war gut so.

Genau eine Woche später machten sich die beiden auf den Weg. Sie mussten eine lange Strecke zurücklegen, und manchmal, wenn große Fische ihren Weg kreuzten, dachte Silver an seinen Schwarm und bereute es ein bisschen, dass er sich auf dieses Abenteuer eingelassen hatte. Doch das Gefühl hielt glücklicherweise nie lange an und dann sauste er wieder voll Tatendrang hinter seiner Führerin her. Sie waren zwei Tage unterwegs als Methusa zu einem Felsen schwamm, der tief ins Meer hineinragte. „So, hier warten wir", sagte sie und machte es sich auf einem Stein gemütlich, der mit allerlei Grünpflanzen bewachsen war. Silver wagte nicht zu fragen auf was und blieb stumm in ihrer Nähe. Aber sein eifriges Hin- und Her Schwimmen verriet seine Neugier nur zu genau. Die alte Schildkröte lachte leise in sich hinein.

Als es Nacht wurde und der Mond den Felsen sogar unter Wasser in ein weiß blaues Licht tauchte, gab sie

Silver ein Zeichen und deutete in eine bestimmte Richtung. Dort kam ein großer Schwarm silbern schimmernder Fische angesaust. Silver betrachtete sie mit großen Augen und stellte fest, dass er genauso aussah wie diese Fische. Und in diesem Moment entdeckte er noch etwas viel Merkwürdigeres. Die Kameraden aus seinem eigenen Schwarm hatten im nicht so ähnlich geschen wie die hier. Diese hatten einen leuchten blauen Rücken, während Bauch und Flanken silbern gefärbt waren. Am auffälligsten war die große Brustflosse. Silver erinnerte sich, dass die anderen Heringe ihn manchmal ausgelacht hatten weil auch seine Brustflosse so riesig war. Silver schaute zu Methusa und fragte:" Sag mal, ich habe doch auch so einen blauen Rücken?". „Ja, und wie blau der ist", entgegnete sie. Silver war verwirrt und schaute dem Schwarm eine ganze Weile zu. „Los, schwimm hinterher!", kam es von dem Felsvorsprung. Silver gehorchte der alten Schildkröte. Er schwamm vorsichtig zum Schwarm und hängte sich als letzter einfach daran. Dann merkte er, dass die Fische immer mehr zur Wasseroberfläche drängten. Das machte ihm Angst und er hielt sich wieder im Hintergrund. Doch die Neugier war zu groß. Und so schaffte er es tatsächlich bis zur Oberfläche. Und was er dort sah, verschlug ihm den Atem. Die Fische nahmen im Wasser Anlauf und schossen über die Wasseroberfläche hinaus. Zu gerne hätte er gewusst, was sich dort befand. Aber die Angst war zu groß. So schaute er hinter den Fischen her wie sie aus dem Wasser flogen, aber den Kopf über das Wasser zu halten wagte er nicht. Doch wieder einmal war es die Schildkröte, die ihm Mut zusprach. „Los, schau nach, was da oben vor sich geht. Deshalb sind wir hierher geschwommen. Und Du wirst es genauso überleben wie die anderen Fische." Und so schob Silver ganz vorsichtig seinen Kopf für einen Moment über Wasser. Und was er da sah, war so phantastisch und so atemberaubend, dass er mit einem Platsch ins Wasser zurückplumpste. Doch nun, mutiger geworden, schob er sich erneut an die Wasseroberfläche. Dort sah er im Vollmondlicht, wie die Fische aus dem Schwarm durch die Luft segelten und in einem großen Bogen wieder zurück ins Meer glitten. Und jedes Mal wenn er wieder nach oben kam entdeckte er Neues. Ein Schiff lag schaukelnd auf dem Meer, Wolken segelten am Himmel und die Wellen glänzten silbern unter dem hellen Mond. Silver wusste nicht, was das alles war. Er kannte kein Schiff, keine Wolken, kein Mondlicht auf den Wellen. Aber er war hingerissen von all dem, was sich seinen Augen bot.

Er drehte sich zu Methusa und sagte: „Das ist noch viel mehr, als ich gesucht habe. Es ist wunderbar". Diese antwortete: „Nein, das ist nicht mehr als Du gesucht hast. Es ist genau das, was Du gesucht hast. Und nun schwimm hin und mach mit!" Silver starrte sie sprachlos an. „Ich kann das nicht. Ich habe das nicht gelernt. Ich gehöre ins Wasser". „Klar, gehörst Du ins Wasser. Du bist schließlich ein Fisch. Aber die anderen gehören auch ins Wasser. Das siehst Du doch. Und nun mach Dich endlich auf den Weg bevor sie wieder weiterziehen". Der kleine Fisch erschrak. Nun hatte er endlich gefunden wonach er gesucht hatte und jetzt sollte er es wieder verlieren. Tapfer schwamm er zum Schwarm und beobachtete das Treiben der anderen: Wie sie mit der Schwanzflosse rasend schnell zu schlagen begannen und das Wasser durchpflügten, wie sie dann die Wasseroberfläche durchbrachen und durch die Luft glitten. Und dann versuchte er es nachzuahmen. Da er ziemlich vorsichtig daran ging, glückte es nicht besonders gut. Und er machte nur einen winzigen Schnapper über Wasser bevor er wieder zurückplumpste. Aber jetzt war sein Ehrgeiz angestachelt. Und wieder und wieder nahm Silver Anlauf und von Mal zu Mal ging es ein bisschen besser. Und endlich hatte er es geschafft. Er segelte im hohen Bogen über das Meer, er spürte den Wind und war glücklich wie nie. Wie von selbst schloss er sich dem Schwarm an und es war keine Frage für ihn, dass er mit ihm weiterziehen würde, wohin der Weg auch führen mochte. Als er sich umdrehte sah er, dass Methusa ihm nachwinkte. Sie lachte und warf ihm eine Kusshand hinterher. „Sie hat es gewusst", dachte er. Und voller Freude sprang er höher als je ein Fisch gesprungen war. Er hatte seinen Traum gefunden.

Silver fühlte sich wohl in dem Schwarm. Trotzdem verließ er ihn regelmäßig um allein zu schwimmen. Er genoss es, seine Umgebung zu erkunden und vor allem seine Sprünge zu üben. Inzwischen war er schon recht bekannt in dem Meeresabschnitt, in dem er lebte. Seine Geschichte hatte sich herumgesprochen und vor allem auch sein Talent zu springen oder vielleicht sollte man besser sagen „zu fliegen".

Eines Tages entdeckte er zwei wunderschöne große Fische, die miteinander um die Wette sprangen. Er sperrte das Maul auf vor Staunen. Die beiden sausten nur so durch die Luft und alberten und lachten dabei vor Vergnügen.

...ach so, Sie meinen, Fische könnten nicht reden oder gar lachen? Sie haben das in der Schule gelernt? Dann denken Sie einmal ein paar Jahrhunderte zurück. Da hat man den Kindern erzählt, die Erde sei eine Scheibe....

Die beiden sprangen und sprangen und bemerkten Silver gar nicht, der ihnen mit großen Augen zuschaute. Als sie sich eine halbe Stunde später wieder ins tiefere Meer zurückzogen begann Silver mit seiner Trainingsstunde. Aber was war das? Er sprang heute nicht so gut wie sonst und landete ein paar Mal unsanft auf dem Bauch. Nach einigen missglückten Versuchen gab er es auf und suchte seinen Schwarm. Dort hängte er sich an seinen Platz und schwamm die gewohnten Formationen mit. Aber in Gedanken war er bei den beiden glänzenden Kameraden, die er so bestaunt hatte. Er sah sie vor sich wie sie höher und höher sprangen. Sogar höher als er es selbst je geschafft hatte. Das gefiel ihm nicht sonderlich und er nahm sich vor, noch mehr zu trainieren.

Und so löste er sich immer häufiger von seinem Schwarm und übte hart. Aber je mehr er das Springen trainierte, desto schlechter gelang es ihm. Silver verstand die Welt nicht mehr. Er, den alle bewundert hatten, sprang nicht mehr besser als jeder andere aus seinem Schwarm. Und Silver verlor alle Freude an seinem neuen Leben und war nur noch von dem Gedanken besessen, endlich wieder „riesige Sprünge" zu machen.

Eines Tages - er war wieder einmal allein auf einem Streifzug - hörte er plötzlich seinen Namen. Wäre Silver „an Land" gewesen hätte es bestimmt gequietscht als er bremste. So aber gab es nur eine Menge Blasen im Wasser bis er zum Stillstand kam. Er drehte sich um und sah auf einem dicken Felsen Methusa liegen. Sie kaute gemütlich an einem grünen Stängel und lächelte ihn an. „Hallo, was tust Du hier?", fragte er neugierig. „Nun, ich komme immer wieder mal in diese Gegend. Und dieses Mal dachte ich, ich schau mal wie es Dir so geht." „Danke, gut geht's mir" antwortete Silver und schwieg dann verlegen. Was sollte er Methusa auch erzählen. Im Moment konnte er ja wirklich keine Wundertaten berichten. „Du hast Ärger, stimmt's?" „Phhh, was heißt Ärger", schnaubte Silver. „Bloß ein paar Schwierigkeiten beim Training, das ist doch kein Ärger". „Und was ist mit den beiden Fischen, die so unglaublich weit springen, mhh?" Silver schluckte und sagte:" Woher weißt Du?" „Ich habe Euch gesehen. Die beiden beim Springen und Dich. Silver war nicht mehr sehr silberfarben sondern eher ein bisschen grau im Gesicht. „Na, ja.

Es gefällt mir nicht sonderlich, dass die beiden sich in meinem Revier herumtreiben und meinen, sie müssten mir Konkurrenz machen". „So, so, und warum springst Du denn auf einmal so viel schlechter? Ist das auch, weil die beiden in „DEINEM" Revier herumschwimmen?" „Weiß ich nicht", entgegnete Silver ratlos. „Aber ich weiß es, Silver". Du kannst nicht mehr springen, weil Du das Wichtigste verloren hast: Die Freude. Früher bist Du gesprungen weil Du es genossen hast wenn Dir der Wind ins Gesicht blies und wenn Du die Wolken für einen kurzen Moment gesehen hast. Du hast Dich gefreut, dass Du endlich gefunden hattest, wonach Du Dich lange gesehnt hattest. Aber jetzt dreht sich Dein ganzes Denken nur um die zwei anderen. Das ist nicht gut. Denk mal drüber nach". „Mach ich" sagte Silver ein bisschen beleidigt und verabschiedete sich rasch. Richtig beleidigt war er allerdings nicht. Dafür mochte er Methusa viel zu gern. Schließlich hatte sie ihm zu dem jetzigen Leben verholfen. Aber dieses Mal irrte sie sich gewaltig. Er war nicht missgünstig. Die beiden waren einfach provokativ. Und das konnte er sich auch nicht so ohne weiteres gefallen lassen. Nun ja, auch Methusa konnte eben nicht alles wissen. Und so übte und übte er weiter, ohne dass sich der frühere Erfolg einstellen wollte. Er wurde immer trübsinniger und seine Touren außerhalb des Schwarmes machten ihm auch immer weniger Spaß.

Eines Tages, als er wieder einmal lustlos übte, sah er die zwei anderen Fische wieder springen. Doch dieses Mal entdeckten sie auch ihn. „He Du", rief der eine: „Bist Du nicht Silver, der bekannte Springer?" „Mmhhm", machte Silver und zuckte ein bisschen mit dem Schwanz". „Na, das ist aber eine erschöpfende Antwort", lachte der andere und schwamm zu ihm hin. „Hallo, ich heiße Flip und meine Kollege dort drüben Blubb. „Hast Du Lust mit uns ein bisschen zu springen? Das wäre doch lustig". Silver wurde es ganz schwach in den Flossen. Was sollte er nur sagen. Doch Flip schubste ihn leicht und sagte „Los, komm, das wird ein Spaß." Und er schwamm los und sauste mit kühnem Schwung durch die Luft. Direkt danach folgte im Blubb. „So, nun bist Du an der Reihe", rief Flip. Silver holte tief Luft und nahm Anlauf und …fiel, kaum dass er die Wasseroberfläche verlassen hatte, schon wieder ins Wasser zurück. Flip lachte, bis er nach Luft schnappen musste. „Schau mal Blubb, er tut als ob er nicht springen könnte. Das sieht ja zum Totlachen aus. „Los Silver, mach noch mal. Das ist toll". Silver schlotterte vor Elend, nahm aber dann doch noch mal Anlauf um wieder mit einem ordentlichen Klatschen ins Wasser zurück zu kippen. Die zwei anderen lachten und lachten. „So, jetzt spring aber mal richtig" bettelte Flip. Ich möchte das so gern mal sehen. Doch Silver schüttelte den Kopf. „Wieso nicht? Was ist denn dabei, dass wir Dich mal fliegen sehen wollen. „Zurzeit geht es eben nicht". „Und warum"? „Weiß ich nicht". „Heißt das, Du KANNST im Moment nicht fliegen"? „Ja a a…!" Flip schaute ziemlich ratlos und stupste ihn vorsichtig an. „Erzähl doch mal, was passiert ist": Silver zuckte mit den Flossen: „Ich weiß es auch nicht. Irgendwann ging es nicht mehr richtig. Und dann wurde es immer schlechter. Und jetzt ist es halt ganz vorbei". „Quatsch, nichts ist vorbei. Man verlernt doch nicht über Nacht etwas, das man schon immer konnte. Komm doch mit uns zum Springen. Ist doch egal, wie weit oder hoch Du springst. Hauptsache, wir haben unseren Spaß. Und mit Blubb allein ist es meistens ein bisschen langweilig. Er redet nicht gerade übermäßig viel. Vielleicht wird das ja besser wenn wir zu dritt sind". Silver schaute Flip fassungslos an. Er hatte die zwei wohl vollkommen falsch eingeschätzt. Obwohl er ziemlich beschämt war sagte er zu. Seine Sprünge an diesem Tag waren nach wie vor nicht berauschend und mehrmals platschte er ziemlich unelegant wieder ins Wasser. Aber trotzdem wurden es ein paar schöne Stunden und Silver lachte sogar ein paar Mal mit Flip und Blubb. Bevor sie sich gegen Abend trennten verabredeten sie sich wieder. Und so begann ihre regelmäßigen Treffen. Es vergingen noch einige Tage bis Silver wieder ein Gefühl fürs Springen entwickelte. Aber dann ging es immer besser und besser und eines Tages segelte er durch die Luft wie früher. Er hörte im Wasser Flip laut „hurra" rufen und als er wieder landete klatschten seine Kameraden in die Flossen. Silver war sehr glücklich.

Als er abends wieder zum Schwarm zurück schwamm fiel ihm plötzlich Methusa ein. Er musste mal sehen ob sie noch in der Gegend war. Und so schaute er an dem Felsen vorbei, auf dem die Schildkröte bei ihrem letzten Gespräch gelegen hatte. Und siehe da: Methusa lag genau so auf dem Felsen wie damals. Sogar das grüne Blatt zum Knabbern hatte sie dabei. "Hallo", sagte Silver. Ich wollte mal schauen ob Du noch da bist". Methusa schmunzelte und fragte: „Sonst nichts?" „Doch! Ich wollte Dir eigentlich sagen, dass Du damals Recht hattest. Im Moment war ich ein bisschen beleidigt. Aber nur ein winziges bisschen weil ich Dich nämlich sehr nett finde.". Methusa schaute ernst und sagte: „Weißt Du Silver, es gehört sehr viel Mut dazu einem Freund Dinge zu sagen, die er vielleicht gar nicht hören will. Man darf das nur tun wenn man ganz sicher ist, dass man das Wohl des anderen im Auge hat. Dann aber ist es der größte Freundschaftsdienst den es gibt." „Das heißt, dass wir Freunde sind?" fragte Silver schüchtern. „Ja", sagte Methusa und schenkte Silver ein zärtliches Lächeln aus ihrem alten faltigen Gesicht.

Es vergingen Wochen und Monate. Silver lebte in seinem Schwarm und genoss trotzdem immer wieder die Ausflüge abseits der großen Massen. Manchmal war er mit Flip und Blubb unterwegs, aber hin und wieder auch ganz allein. Er wusste sehr wohl, dass das gefährlich für ihn war. Aber sein Freiheitsdrang war größer als seine Angst.

Auf einer seiner Unternehmungen gelangte er an ein Wrack, das schon viele Jahrzehnte auf dem Meeresgrund lag. Neugierig bestaunte er das merkwürdige Gebilde und schwamm langsam immer näher. Ein Seepferdchen schaukelte ebenfalls interessiert davor auf und ab. „Weißt Du, was das ist" fragte es Silver und schaute keck zu ihm hinüber? „Keine Ahnung", murmelte er und starrte weiter auf das fremdartige Ding. „Das ist ein Wrack". „Ein was?" „Ein Wrack. Na, das ist ein Schiff, das irgendwann einmal untergegangen ist". „Aha" blubberte Silver. Undeutlich erinnerte er sich daran, dass Methusa ihm schon einmal berichtet hatte, dass man an manchen Stellen auf dem Meer auf Schiffe treffen könne, vor denen man sich sehr in Acht nehmen müsse. Deshalb schwamm er jetzt erst einmal ein Stück von dem alten Schiff weg. Wenn Methusa vor etwas warnte, dann war es bestimmt gut erst einmal sehr vorsichtig zu sein.

Das Seepferdchen schaute sich verwundert nach Silver um: „Wieso schwimmst Du weg? Hast Du Angst, dass Dir etwas passiert wenn Du näher kommst? Keine Sorge, die Menschen, die an Bord waren, sind längst tot." Silver schaute verständnislos: Was waren denn ‚Menschen'? Er kannte viele Fischarten und in seinen Augen waren die allergefährlichsten die Haie. Aber

Menschen-Fische kannte er nicht. „Ich bin noch nie einem Menschen begegnet", sagte er. „Wie solltest Du auch. Menschen können nicht unter Wasser schwimmen. Jedenfalls nicht sehr lange und schon gar nicht in dieser Tiefe." Silver war verwirrt. Das hatte er wirklich noch nie gehört, dass es Fische gab, die nicht richtig schwimmen konnten. Er überlegte krampfhaft, wie er mehr darüber erfahren konnte ohne einen allzu dummen Eindruck zu hinterlassen. Doch da kam das Seepferdchen bereits angeschwommen. „Sag mal, hast Du ein bisschen Zeit? Ich kann Dir eine Menge erzählen wenn es Dich interessiert. Übrigens: Ich heiße Prunus. Das wäre doch komisch wenn wir uns unterhalten und den Namen des anderen nicht kennten." „Ich heiße Silver. Und Zeit habe ich auch ein bisschen. Ich darf nur nicht zu spät los sonst ist mein Schwarm schon unterwegs zu den großen Felsen. Von da kommt er erst in zwei Tagen wieder zurück. Und so lange möchte ich hier nicht allein warten. Das ist mir wirklich zu gefährlich." Prunus nickte ernst. „Ist es auch. Die Haie sind wieder in der Nähe". Silver schluckte und hoffte, dass sein Gegenüber nicht merkte, wie seine Flossen zitterten.

Doch Prunus machte es ich auf einer Schiffsplanke gemütlich und versuchte zu erklären, dass Menschen keine Fische sind. „Weißt Du, sie bauen diese Schiffe um auf dem Meer damit zu fahren, weil sie nicht richtig schwimmen können." „Und wo leben sie dann?" „So genau weiß ich das auch nicht. Sie nennen es wohl Festland und gehen dort auf 2 Beinen." Silver überlegte, ob die Menschen vielleicht mit den Krabben verwandt sein könnten. Denn die spazierten ja auch auf ihren Beinen über den Meeresgrund. Und ob es zwei oder sechs waren war ja wohl nicht so wichtig. Doch Prunus schüttelte den Kopf. „Nein, Menschen sind keine Krabben, keine Fische, keine Korallen. Sie sind einfach Menschen. Sie befahren die Meere um von einem Festland zu anderen zu gelangen. Und dabei fangen sie auch eine Menge Fische und essen sie auf." Silver erschauerte. Das war ja schrecklich. Diesen Menschen wollte er lieber nicht begegnen. Dann waren sie auch nicht besser als die Haie. Ob ein Hai oder ein Mensch ihn verspeiste, interessierte ihn herzlich wenig. Er wollte weder vom einen noch vom anderen gefressen werden.

"Na, wenn Du sagst, dass die Menschen schlecht schwimmen können, dann ist die Gefahr hier unten ja wohl nicht so groß?", fragte er hoffnungsvoll. „Doch, mein Lieber. Das ist ja das Schlimme. Sie haben große Netze, die sie ins Wasser fallen lassen. Und damit können sie ganze Schwärme auf einmal fangen. Du musst lernen das Geräusch von Ihren Schiffen zu erkennen. Es ist ein tiefes Brummen. Wenn Du das hörst, musst Du so schnell wie möglich von Deinem Schwarm wegschwimmen und am besten unter einem Stein oder einer Koralle Schutz suchen". „Mach ich. Mit diesen Ungeheuern möchte ich nicht zusammentreffen." Prunus seufzte. „So einfach ist das nicht. Menschen sind keine Ungeheuer. Sie machen auch wunderbare Sachen. Sie machen zum Beispiel Musik. Das ist so schön, dass man verrückt werden könnte." Silver wusste nicht mehr was er denken sollte. Ein Hai zum Beispiel war ein schreckliches Ungeheuer und er hatte noch nie gehört, dass ein Hai auch wunderbare Dinge machte. Auch die anderen Raubfische waren nicht toll und phantastisch in seinen Augen. Und die Menschen sollten anders sein? Das war schon merkwürdig.

Prunus ließ sich nicht im Erzählen stören. „Musik machen die Menschen nur um sich zu freuen. Und es klingt so schön, dass man weinen und lachen auf einmal könnte." Bei der Vorstellung verdrehte er verzückt die Augen und begann im Wasser zu tanzen. Und Silver staunte und staunte. Er nahm sich vor, Methusa bei nächster Gelegenheit noch einmal genau nach den Menschen zu befragen. Ein Ungeheuer, das etwas tat, das die anderen so begeisterte, das konnte er sich einfach nicht vorstellen. „Kein Tier auf der Welt kann Schrecken verbreiten und gleichzeitig andere beglücken", sagte er.

"Doch, der Mensch kann es" erwiderte Prunus. „Aber ehrlich gesagt, verstehen kann ich es auch nicht. Vielleicht treffen wir ja doch einmal einen." Doch Silver schüttelte entsetzt den Kopf und kratzte sich mit der Flosse am Bauch, was er immer tat, wenn er nicht wusste, was er von einer Situation halten sollte. „Meinst Du, wir sollten mal Methusa fragen, was sie über die Menschen weiß?" fragte er das Seepferdchen. „Das ist eine prima Idee. Methusa weiß mehr als die meisten, die hier unten wohnen. Sie ist schon viel herumgekommen und hat eine Menge erlebt. Triffst Du sie manchmal?" Silver nickte stolz. „Wir sind Freunde": Prunus wackelte erstaunt mit seinem kleinen Kopf. „Was, Freunde? Das ist ja erstaunlich. Methusa ist nämlich sehr kritisch in der Wahl ihrer Freunde. Sie ist zu jedem hier unten nett und sehr hilfsbereit und wird wegen ihrer weisen Ratschläge von allen sehr bewundert. Aber Freundschaft mit ihr haben nur ganz wenige. Da musst Du ja einen mächtigen Stein im Brett bei ihr haben." „Weiß ich nicht", blubberte Silver etwas verlegen. „Aber wenn ich sie das nächste Mal treffe, erzähle ich ihr von unserem Gespräch und frage sie, was sie sonst noch über die Menschen weiß. Doch jetzt muss ich los, sonst ist mein Schwarm wirklich weg. Mach's gut und vielen Dank fürs Erzählen". „Keine Ursache" entgegnete Prunus, der

insgeheim froh war, dass ihm mal jemand länger als 2 Minuten zuge-
hört hatte. Bevor sie sich trennten verabredeten sie sich für einen späte-
ren Zeitpunkt wieder am Wrack. Bis dahin wollte Silver versuchen,
mehr über die merkwürdigen Menschen zu erfahren, die Fische fraßen
und Musik machten, zu der man tanzen konnte.

Silver war während des ganzen Ausflugs mit seinem Schwarm in Gedanken bei dem Gespräch mit Prunus. Kaum waren sie von den großen Felsen zurückgekehrt, da beschloss er, sich auf den Weg zu machen und Methusa zu suchen. Doch das erwies sich als äußerst schwierig. Keiner von denen, die er fragte, wusste genau wann er Methusa zum letzten Mal gesehen hatte. Ein dicker Kugelfisch sagte, er hätte sie vor zwei Tagen am mittleren Korallenriff bei den roten Korallen gesehen während sein Kollege steif und fest darauf beharrte, sie sei genau zu diesem Zeitpunkt am alten Wrack gewesen. Da Silver vor zwei Tagen selbst dort gewesen war, erschien es im unwahrscheinlich, dass diese Aussage stimmte. Also schwamm er zum mittleren Korallenriff. Aber auch dort konnte ihm niemand weiterhelfen.

Endlich traf er auf einen riesigen Seeigel, der auf dem Riff lag und ein paar rote Korallenkugeln vor sich herum kullerte. „Weshalb suchst Du Methusa?", fragte er. Und Silver erzählte ihm von seinem Gespräch mit Prunus und den Fragen, die er gerne beantwortet haben wollte. „Ich kenne Methusa gut" sagte sein Gegenüber und kaute jetzt zwei rote Kugeln. „Wenn sie sich im Moment nicht finden lässt bedeutet das, dass Du Dich selbst erst einmal auf die Suche machen musst." „Ich wollte doch nur ein bisschen mehr über die Menschen erfahren. Weshalb soll ich mich da selbst auf die Suche machen, zumal das wohl ziemlich gefährlich ist?" fragte Silver. „Nun ja, ich kenne Methusa schon seit vielen Jahren und ich denke mir, dass sie möchte, dass Du Dir ein eigenes Urteil bildest. Das Wichtigste hat Dir Prunus ja anscheinend schon gesagt. Und nun musst Du selbst herausfinden was es mit diesen Menschen auf sich hat. Wenn Methusa Dir alles erzählen würde, was sie weiß und denkt, könntest

Du Dir gar kein eigenes Urteil mehr bilden und würdest einfach ihres übernehmen. Schließlich geht es ja darum, dass Du selbst entscheidest was Du von den Menschen hältst."

Als er Silvers ratloses Gesicht sah, fuhr er tröstend fort: Wenn Du wirklich mit Methusa befreundet bist, dann kannst Du sicher sein, dass sie weiß, wie es Dir geht und dass sie da ist wenn Du sie brauchst." Silver kratzte sich wieder einmal mit der Flosse am Bauch und fragte: „Woher weißt Du so viel über sie?" „Wir sind seit vielen Jahren gute Freunde und sie hilft mir auch bei meinen Forschungen. Du musst entschuldigen, dass ich mich noch nicht vorgestellt habe. Ich heiße Urlum und bin Lehrer." „Du bist *der* Urlum? Der, bei dem die Anführer der Fischschwärme in Unterricht gehen damit sie keine Fehler machen, wenn sie mit dem Schwarm unterwegs sind?" „Genau der", schmunzelte Urlum. Und deshalb komme ich auch viel herum und weiß, dass Methusa immer dann zur Stelle ist wenn man sie braucht. Außerdem bin auch ich bereit Freunden der guten alten Methusa zur Seite zu stehen. Ihre Freunde sind auch meine." Wäre Silver ein Mensch gewesen, so wäre er jetzt bestimmt errötet vor Freude. So aber glänzte sein Kopf nur noch ein bisschen mehr silbern als er es eh schon tat. Das war ja toll, nun hatte er nicht nur Methusa zur Freundin sondern auch noch den berühmten Urlum als Verbündeten. Vielleicht konnte er es so tatsächlich wagen, sich selbst aufzumachen und die Menschen zu suchen um herauszufinden, was er von ihnen zu halten hatte. Er bedankte sich bei Urlum und versprach wieder einmal vorbeizukommen. Dann schwamm er weiter, immer noch in der leisen Hoffnung Methusa durch Zufall doch noch zu begegnen.

Plötzlich wurde er von einem ohrenbetäubenden Lärm aus seinen Gedanken gerissen. Silver lauschte erschreckt und stellte fest, dass das Geräusch immer mehr anschwoll. Was war das nur? Er schaute zu einem Heringsschwarm, der aufgeregt durch das Wasser schoss und überlegte ob er sich einfach anschließen sollte. Da wäre er wenigstens nicht allein. Doch in dem Moment, als er los schwimmen wollte, fiel im Prunus' Warnung ein. Vielleicht kam das Geräusch ja von einem Schiff, das mit seinen Netzen auf der Jagd nach Fischen war. Und so ließ er sich langsam zum Meeresgrund sinken während er gespannt nach oben schaute. Und mit einem Mal pflügte ein riesiges Netz durch das Wasser. Silver sah mit Entsetzen wie es mitten in den Schwarm hinein schwamm und tausende von silbrigen Leibern mit sich riss. Er war inzwischen auf dem Meeresboden angekommen und kauerte reglos zwischen zwei bewachsenen Steinen. Das also taten diese Menschen, von denen ihm Prunus erzählt hatte, dass sie so schöne Musik spielten. Nein, mit diesen wollte er bestimmt nichts zu tun haben. Er war voller Angst und sehnte sich zum ersten Mal nach seinem Schwarm. So dauerte es ziemlich lange bis er sich wieder aus seinem Versteck herauswagte. Dass die Fischer erst noch das Netz leerten bevor sie mit laut dröhnendem Motor davonfuhren konnte er zwar nicht wissen aber sein Instinkt warnte ihn davor, zu früh aus seinem Versteck aufzutauchen. Erst eine Stunde nachdem das Motorengeräusch verklungen war, schob er sich vorsichtig zwischen den Steinen hervor. Im Moment war ihm auch die Lust vergangen, weiter nach Methusa zu suchen. Und so machte er sich auf den Weg zu seinem Schwarm. Dabei dachte er über sein Erlebnis nach und nahm sich fest vor diesen Menschen für alle Zeit auszuweichen. Er würde auch weiterhin bei jedem drohenden Geräusch flüchten und sich vor diesen fischfressenden Lebewesen fernhalten. Er wollte jetzt auch nichts mehr über sie wissen. Für ihn stand fest, dass er sie niemals kennen lernen wollte. Da hätte er genauso gut mit einem Hai Bekannt-schaft schließen können.

So schloss sich Silver wieder mehr seinen beiden Freunden an und traf sich regelmäßig mit ihnen zum Spielen oder zum Wettkampf im Springen. Auf seine Ausflüge verzichtete er, da sein Bedarf an Abenteuern für den Moment mehr als gedeckt war.

Doch eines Tages kam Flip zum vereinbarten Treffen mit einer Neuigkeit. In der Nähe hielten sich Haie in größeren Scharen auf und machten die Gewässer für die kleinen Fische unsicher. Größte Vorsicht war geboten. Deshalb beschlossen die drei Freunde, dass immer nur zwei von ihnen springen sollten, während der Dritte die Umgebung sicherte und gegebenenfalls die anderen warnte. Sehr viel Spaß hatten sie jetzt zwar nicht mehr, aber sie sahen ein, dass es der einzige Weg war, der eventuell drohenden Gefahr zu entkommen. Silver erzählte ihnen jetzt auch von seinem Gespräch mit Prunus und dass dieser ihm geraten hatte, sich bei Gefahr auf den Meeresgrund sinken zu lassen und möglichst zu verstecken. Sie kamen überein, dass es ziemlich egal war, ob die Gefahr vom Menschen oder einem Raubfisch ausging. Die Taktik konnte man bestimmt bei beiden anwenden. Die Tage gingen ins Land und es passierte zum großen Glück nichts. Doch die Gerüchteküche brodelte und überall wurde gewispert, dass in der nächsten Umgebung viele Fischschwärme einfach aufgefressen worden seien. Doch wie es mit einer Gefahr ist, die längere Zeit über einem schwebt ohne dass etwas passiert. Man wird langsam sorgloser...

Und so kam der Tag, an dem die drei Freunde wieder miteinander spielten ohne eine Wache aufzustellen. Blubb war gerade abgesprungen und lachte vor Freude über den gelungenen Flug als es um sie herum gewaltig zu rauschen begann. Und dann waren sie da. Mindestens sieben riesige Haie mit aufgerissenen Mäulern. Silver wurde fast ohnmächtig vor Schreck. Er schloss die Augen und ließ sich einfach treiben, in der Erwartung in den nächsten Sekunden in einem Haifischmaul zu verschwinden. Irgendwann blitzte in seinem Kopf der Gedanke auf, dass er sich ja bei Gefahr hatte zum Boden sinken lassen wollen. Er stellte die Flossen auf „abwärts" und trudelte langsam nach unten. In seiner Panik war er nicht in der Lage einen klaren Gedanken zu fassen. Und so konnte er, auf dem Grund angekommen, nur noch instinktiv zwischen zwei Korallen schlüpfen. Dann umfing ihn eine gnädige Ohnmacht. Er musste nicht mit ansehen wie die Haie einige gute Bekannte von ihm verschlangen. Darunter einen alten Sägezahnfisch, den Silver gern besucht hatte weil er so interessante Geschichten erzählen konnte. Wenn es in seinen Erzählungen spannend wurde, hatte er mit dem Sägeschwanz oft schaurige Geräusche erzeugt, indem er ihn an einem Felsbrocken rieb. Das hatte seine Zuhörer immer sehr amüsiert und sie hatten mit ihren Flossen geklatscht vor Begeisterung. Doch auch viele andere Bekannte waren in den Bäuchen der Haie verschwunden.

Als Silver aus seiner Ohnmacht erwachte, war es totenstill um ihn herum. Er brauchte eine ganze Weile bis er wieder wusste was passiert war. Er wagte immer noch nicht sich zu bewegen weil er keine Ahnung hatte wie viel Zeit seit dem Haifisch-Überfall vergangen war. Die Angst steckte noch tief in seinen Gräten. So spähte er erst einmal vorsichtig nach links und rechts.

Und dann sah er sie: Methusa saß neben ihm auf einem Felsen und sah in traurig an. „Hallo Silver". End-

lich bist Du wach. Ich war schon in Sorge, Dich hätte der Schlag getroffen vor lauter Schreck". Silver schüttelte nur den Kopf und
schwamm langsam zu ihr hin. Es war erleichtert in dieser Situation
seine Freundin zu sehen. „Es war furchtbar Methusa. Wo sind all die
anderen?" frage er angstvoll. „Ich weiß es nicht. Einige von ihnen sind
bestimmt gefressen worden. Aber die anderen werden sich wohl genauso versteckt halten, wie Du es auch getan hast. Wir müssen ein
bisschen Geduld haben bis sie sich wieder aus ihren Verstecken wagen. Aber wenn Du willst, bleibe ich jetzt erst mal bei Dir." Silver sah
sie dankbar an und nickte: „Das wäre schön" seufzte er und ließ sich
direkt neben ihr nieder.

Silver dachte, wie gut es war, dass sei-
ne Freundin ihn jetzt nicht allein ließ. Ein bisschen schämte er sich,
dass er oft so stolz auf diese Freundschaft gewesen war. Aber nicht,
weil Methusa so wunderbar war, sondern weil sie sehr bekannt war
und von den anderen bewundert wurde. Das hatte ihm manches Mal
geschmeichelt wenn die anderen Fische staunten, weil er mit der berühmten Schildkröte befreundet war. Jetzt war ihm das plötzlich egal.
Er genoss einfach nur ihre Gegenwart. „Es ist gut, dass Du da bist"
sagte er leise. „Ja, ich bin auch froh, Dich bei mir zu haben" entgegnete Methusa.

Silver sah sie erstaunt von der Seite an.
Was hatte sie davon, wenn er bei ihr war. Er war weder so weise wie
sie, noch war er besonders tapfer. Methusa bemerkte sein Erstaunen
und sagte: „Glaubst Du, dass ich keine Angst habe? Ich fühle mich
noch so schwach, dass ich kaum einen Schritt tun könnte. Ich bin genauso erschrocken wie Du. Nur bin ich nicht in Ohnmacht gefallen

sondern musste das Ganze mit ansehen." Silver war es jetzt furchtbar peinlich, dass er ohnmächtig geworden war. Doch bevor er etwas sagen konnte, fuhr die alte Schildkröte fort: „Schäme Dich nicht dafür, dass Dir das passiert ist. Im Gegenteil, sei froh. Ich hätte wer weiß was dafür gegeben, wenn ich erst wieder aufgewacht wäre als alles vorbei war. Und jetzt tut es mir gut, dass ich nicht allein bin sondern Dich bei mir habe." Silver nickte und kuschelte sich noch ein bisschen näher an seine Freundin. Und dann schwiegen sie.

Es war eine lange Zeit vergangen, als Silver plötzlich Flip entdeckte. Aufgeregt stieß er Methusa an. „Schau mal, da schwimmt Flip". Seine Stimme überschlug sich fast vor Aufregung und er rief seinen Freund und wedelte mit den Flossen. Flip schaute zuerst nur erstaunt, dann schoss er auf die beiden zu. „Silver", jubelte er. „Bin ich froh, dass Du noch da bist. Ich habe so nach Dir gesucht". Silver erzählte von seiner Ohnmacht und dass er mit Methusa jetzt darauf wartete, dass die anderen wieder aus ihren Verstecken kämen.

"Bleib doch bei uns", forderte er Flip auf, was dieser nur zu gerne tat. Denn nach diesem schlimmen Erlebnis war er froh um die Gesellschaft der beiden anderen. "Sag mal", fragte er, „weißt Du etwas von Blubb?" Silver schluckte: „Nein, ich habe keine Ahnung wo er steckt" sagte er bedrückt. „Ich hoffe…", Dann brach er mitten im Satz ab, weil er es nicht fertig brachte zu sagen, „dass er nicht von den Haien gefressen wurde." Doch Flip und Methusa wussten auch so was er hatte sagen wollen.

Langsam kamen immer mehr Fische und Meerestiere aus ihren Verstecken. Es begann ein freudiges Begrüßen als man Bekannte oder Freunde wieder entdeckte, aber mit der Zeit wurde auch klar, dass viele von ihnen wahrscheinlich in den Bäuchen der Haie gelandet waren. Das war ein trauriger Abend, an den sie noch lange denken würden. Blubb war bis jetzt noch nicht aufgetaucht und obwohl die Chance ihn wieder zu sehen immer geringer wurde, gab Silver die Hoffnung nicht auf.

Da mehrere Fischschwärme erheblich kleiner geworden waren, taten sich jetzt immer zwei oder drei Schwärme zusammen und bildeten einen neuen. Das bedurfte zwar einiger Übung aber im Laufe der Zeit klappte auch das Zusammen-Schwimmen wieder bestens. Silver, der sich bis zum Zeitpunkt des Hai-Angriffes im Schwarm immer besonders sicher gefühlt hatte, begriff, dass das auch kein besonders großer Schutz für ihn war. Methusa hatte sich inzwischen von ihm verabschiedet weil sie einen Vetter besuchen wollte, der jenseits der großen Felsen wohnte. Bis dorthin war es ein ziemlich weiter Weg und sie sagte, dass es eine Weile dauern könne bis sie wieder zurückkäme. Silver war das Herz schwer als er sich von seiner Freundin verabschiedete. Aber diese versprach, dass sie spätestens in drei Wochen wieder bei ihm sein würde. Das tröstete ihn ein wenig.

Bald begann er wieder auf eigene Faust durch das Meer zu streifen. Nur Flip durfte ihn dabei begleiten. Da Blubb nicht mehr aufgetaucht war, hatten sich die beiden noch enger zusammengeschlossen. Ihre alte Fröhlichkeit war allerdings verschwunden. Sie erkundeten neue Ecken in den Korallen, sie unterhielten sich mit anderen Meeresbewohnern aber immer noch suchten ihre Augen die Umgebung nach Blubb ab, in der Hoffnung, dass er plötzlich wieder auftauchen könnte. Doch mit jedem Tag wurde diese Hoffnung kleiner. Sie waren auch nie mehr an der alten Stelle bei den Felsen gewesen. Eine große Scheu hielt sie davon ab wieder dorthin zu schwimmen oder gar dort zu springen. Sie sprachen auch nie von Blubb. Keiner wagte auszusprechen, dass der Freund wahrscheinlich nicht mehr zurückkommen würde.

Eines Tages trafen sie am Korallenriff auf Prunus. Silver freute sich riesig und stellte Flip und Prunus einander vor. Sie verlebten einen frohen Nachmittag und Prunus brachte die beiden zum ersten Mal seit langer Zeit wieder zum Lachen. Als sie zurück schwammen, stellte Silver fest: „Das hat so gut getan. Endlich haben wir wieder einmal gelacht. Ich habe mich schon gefühlt, als sei mein Lachen eingerostet." „Das ging mir genauso" entgegnete Flip. Aber ein schlechtes Gewissen hatte ich trotzdem. Wer weiß, vielleicht ist Blubb wirklich längst aufgefressen und wir sind hier so vergnügt." Erschrocken hielt er sich die Flosse vor das Maul. Jetzt hatte er das ausgesprochen was sie die ganze Zeit vermieden hatten. Silver schaute ihn ernst an. "Warum haben wir eigentlich so eine Angst davor, darüber zu reden? Eigentlich wissen wir doch schon eine ganze Weile, dass Blubb nicht mehr zurückkommt." „Ja, aber es tut so weh", entgegnete Flip. „Und wenn man nicht darüber spricht kann man sich immer noch einreden, dass er wieder kommt." Silver entgegnete: „Meinst Du, dass das gut ist, was wir da tun? Wenn wir nicht darüber reden, können wir auch nicht miteinander traurig sein. Komm, lass uns mal zu den Felsen schwimmen. Dort denken wir zusammen an Blubb."

Und so schwammen die beiden zu ihrem alten gemeinsamen Spielplatz. Ganz still schauten sie zu den großen Felsen und dachten an ihren Freund. Dicke Tränen weinten sie um ihn als sie an seinen letzten Flug dachten, bei dem er so fröhlich gelacht hatte. Dann schwammen sie zurück zu ihrem Schwarm. Nach einer Weile merkten sie, dass sie sich besser fühlten. Es hatte gut getan, an Blubb zu denken und auch das Weinen hatte erleichtert. Und so schwammen sie immer öfter wieder an ihren alten Lieblingsplatz. Eines Tages fragte Flip vorsichtig: „Was meinst Du, sollen wir mal einen

Sprung versuchen? Nur einen einzigen". Silver, der auch schon daran gedacht hatte, nickte. Und so wagte Flip zum ersten Mal seit Tagen wieder einen Sprung. Silver kam direkt hinterher. Und sie fanden es gut. „Ich habe eine Idee", sagte Silver, "wir üben wieder regelmäßig das Springen. Und immer der beste Sprung des Tages ist Blubb gewidmet." Flip fand die Idee phantastisch. Und so begannen die beiden wieder ihr Training und schenkten ihrem alten Freund ihre beste Leistung. Sie wurden immer bekannter und eines Tages veranstalteten sie sogar ein großes Wettspringen zu Ehren von Blubb. Es wurde ein großes Ereignis und Silver stellte zu seinem Erstaunen fest, dass Blubb zwar immer noch einen festen Platz in seinem Herzen hatte, dass der Gedanke an ihn aber längst nicht mehr so weh tat.

Es waren einige Wochen seit dem schrecklichen Hai-Überfall vergangen und inzwischen war die Normalität wieder eingekehrt. Da kam eines Tages ein großer leuchtend bunter Fisch angeschwommen, der sich auf dem Felsen niederließ, auf dem sonst Methusa zu sitzen pflegte. Die Fische und anderen Meerestiere wurden neugierig und eilten zu dieser Stelle. Als sich alle versammelt hatten, verneigte sich der bunte Fisch und berichtete Folgendes: „Unsere gute Methusa feiert heute in zwei Wochen Ihren 90. Geburtstag und lädt Euch alle recht herzlich dazu ein. Die Feier findet auf dem dritten Korallenriff statt. Das liegt zwischen dem Seepferdchenberg und den funkelnden Höhlen. Manchen ist es auch unter dem Namen ‛der verlassene Thron‛ bekannt. Es wäre schön wenn Ihr alle kommen könntet. Schließlich wird es ein ganz besonderes Fest." Nach dieser Rede setzte ein riesiger Applaus ein und dann begannen alle wild durcheinander zu reden vor Begeisterung. Wann war das letzte große Fest gefeiert worden? So genau konnte sich keiner mehr daran erinnern. Umso größer war die Freude über diese unerwartete Einladung.

Silver und Flip beschlossen, gemeinsam zu Methusas Geburtstag zu schwimmen. Sie suchten lange nach einem passenden Geschenk. Dann kam ihnen die Idee, beim alten Wrack zu stöbern. Und so machten sie sich täglich auf, in der Hoffnung etwas Interessantes zu finden. Als sie am dritten Tag immer noch nichts Brauchbares entdeckt hatten, wagte Silver sich zum ersten Mal tiefer ins Wrack. Er schwamm vorsichtig, weil es an manchen Stellen sehr eng war und er fürchtete stecken zu bleiben. Je weiter er in das Wrack vordrang desto interessantere Dinge fand er vor. Er hatte zwar keine Ahnung, was da alles lag. Aber es faszinierte ihn sehr. Da lagen ein abgebrochenes Steuer, alte Holzkoffer und eine verschlossene Truhe, die aber auf der Seite ein riesiges Loch hatte. Silver quetschte sich vorsichtig durch die Öffnung und entdeckte gleich am Eingang einen glänzenden Gegenstand. Es war ein kleiner edelsteinverzierter Spiegel. Vor Staunen bekam Silver das Maul gar nicht mehr zu. Für ihn stand fest, dass er Methusa diesen Spiegel mitbringen wollte. Vorsichtig machte er sich auf den Rückweg um Flip von seinem Fund zu erzählen.

Dieser hatte schon ziemlich lange vor dem Wrack gewartet und war sichtlich erleichtert, seinen Freund wieder gesund und munter vor sich zu sehen. Als er von dem Fund hörte war klar, dass auch er sich im Inneren des Wracks umsehen wollte. Und so machten sie sich dieses Mal zu zweit auf den Weg. Als sie in der Truhe ankamen, bewunderte er begeistert den Spiegel. Trotz der Dunkelheit, die immer mehr zunahm, je weiter sie in das Innere der Truhe eindrangen, suchten sie neugierig weiter. Plötzlich stießen sie an etwas Rundes, das sie aber nur schemenhaft im Dämmerlicht erkennen konnten. Gemeinsam schafften sie den Gegenstand zum Eingang und sahen eine wunderschöne Kristallkugel vor sich. Silver schnappte nach Luft vor lauter Aufregung. „Hast Du schon mal so etwas Schönes gesehen?" frage er Flip. Dieser schüttelte staunend den Kopf. Sie begannen ihren Fund genau zu untersuchen und je länger sie ihn betrachteten und befühlten, desto sicherer waren sie sich, dass sie etwas Ungewöhnliches gefunden hatten.

Sie beschlossen, beide Fundstücke Methusa zu schenken. Flip nahm den Spiegel und überließ Silver die herrliche Kugel. Als sie ihre Schätze an sich nehmen wollten, entdeckten sie erst, was ein Spiegel wirklich ist. Flip hopste im Wasser hin und her vor lauter Aufregung, als er feststellte, dass es ihr Ebenbild war, was sich ihnen zeigte. Beide konnten es im ersten Moment gar nicht fassen. Dann spiegelten sie sich hingerissen immer wieder, bis Silver bemerkte, dass es höchste Zeit wurde, zum Schwarm zurückzukehren. Vorher versteckten sie noch ihre Geschenke. Sie wollten sie erst abholen wenn sie sich auf den Weg machten.

Die nächsten Tage vergingen für sie fast zu langsam und sie waren froh, als sie endlich aufbrechen konnten. Mit ihren Schätzen schwammen sie voller Erwartung los. Unterwegs überlegten sie weshalb das Korallenriff eigentlich „der verlassene Thron" genannt wurde. Da keiner von ihnen jemals etwas darüber gehört hatte, beschlossen sie, sich auf dem Fest danach zu erkundigen. Doch zuerst mussten sie die lange Strecke bis zum 3. Korallenriff zurücklegen.

Unterwegs begegneten sie immer wieder anderen Meeresbewohnern, die ebenfalls zum Fest unterwegs waren. So befanden sie sich unversehens in einem langen Zug, der zu Methusas Geburtstag wollte. Es wurde eine richtig fröhliche Reise. Alle waren guter Laune und voller Vorfreude auf das große Fest. So vergingen die Stunden bis zu ihrer Ankunft wie im Flug. Am Ziel angekommen, wurden sie schon von einigen Seepferdchen empfangen, die die Gäste baten, es sich bis zum Beginn des Festes auf den gegenüberliegenden kleinen Korallenbänken gemütlich zu machen. Es verging noch eine gute Stunde bis plötzlich ein Gong ertönte.

Alle Gespräche erstarben und es wurde mucksmäuschenstill. Dann kam Methusa angeschwommen und kletterte auf das dritte Korallenriff. Sie stellte sich auf die oberste Erhebung, hieß ihre Gäste willkommen und eröffnete gleichzeitig den Abend. Als sie die vielen Geschenke sah, strahlte sie vor Freude und nahm sie dankend an. Sie zierte sich nicht und sagte auch nicht einmal: „Das wäre gar nicht nötig gewesen." Im Gegenteil. Sie hatte für jeden ein nettes Dankeswort parat und man merkte, dass es sie freute, so verwöhnt zu werden. Und das wiederum war schön für die Gäste.

Der Spiegel von Flip war ein richtiger „Knüller". Die alte Methusa schaute immer wieder hinein. Als Flip ihr erklärte, dass sie ihr Spiegelbild sah, staunte sie nicht schlecht. Dann aber begann sie von Herzen zu lachen. „Meine Güte, ich hatte eine ganz andere Vorstellung von mir." „Wie denn, vielleicht schöner?", rief ein frecher kleiner Kugelfisch und kassierte dafür von einem alten Krebs einen kräftigen Puff in die Seite. Aber Methusa ließ sich in ihrer guten Laune nicht stören sondern lachte noch viel mehr bis auch die Gäste alle mit einfielen. Als letzter gab Flip sein Geschenk ab. Als er es vor sie hinlegte hörte man lauter Aaahhs und Ooohhhs. Methusa schwieg und schaute lange auf die Kugel. Dann sagte sie: „So etwas Schönes habe ich noch nie gesehen. Wo hast Du das her?" Flip erzählte ihr von seinem Fund im alten Wrack. Methusa sagte: „Ich freue mich sehr über diese wunderbare Kugel. Ich danke Dir." Silver wurde verlegen, verbeugte sich kurz und schwamm dann zu Flip.

Dann wurde das Essen angekündigt. Wieder ertönte ein Gong. Da zogen die Seepferdchen die Algen weg, die als Vorhang vor der funkelnden Höhle hingen. Was da sichtbar wurde lässt sich nur schwer mit Worten beschreiben. In der Höhle hingen von der Decke ganze Edelsteinzapfen. Auch Boden und Wände waren übersät mit glitzernden und schillernden Steinen. Um diese Pracht zum Glänzen zu bringen hatten sich ganze Schwärme von Neonfischen versammelt und beleuchteten die Höhlen. In der Mitte war ein riesiges Buffet aufgebaut. Da gab es Seegürkchen auf Meeresgemüse, Ozeantomaten eingewickelt in Meeresweinblättern und noch viele andere Köstlichkeiten. Das wurde ein Schmausen von dem man sich noch viele Jahre auf dem Meeresgrund erzählte. Auch der Ozeanwein floss reichlich und so wurde die Gesellschaft immer fröhlicher.

Als alle satt waren stellte sich eine Kapelle auf, die von einem riesigen Hummer dirigiert wurde, und begann schwungvoll zu spielen. Zuerst wagte sich nur die Jugend auf den Felsen, der die Tanzfläche darstellte. Doch mit der Zeit krochen und schwammen auch die älteren Semester auf das Meeresparkett. Silver hielt sich noch am Rand und schaute zu, als plötzlich ein Fischmädchen an ihm vorbeitanzte. Er sah sie nur ganz kurz, aber was er sah, gefiel ihm außerordentlich. So wunderschöne glänzende Schuppen hatte er noch selten gesehen. Natürlich versuchte er nun ständig in diesem Gewimmel noch einmal einen Blick auf die Schöne zu werfen. Es dauerte aber eine ziemliche Weile bis sie wieder in seine Nähe kam. Sie tanzte mit einem dicken Kabeljau vorbei und blickte dabei für einen kurzen Moment Silver direkt in die Augen. Mit Herzklopfen schaute er hinter ihr her und hoffte, sie noch ein weiteres Mal zu sehen. Doch auch dieses Mal musste er wieder ziemlich lange warten. Er kam gar nicht auf die Idee selbst eine Fischdame zum Tanzen aufzufordern. Seine Gedanken waren nur noch bei der glänzenden Schönen. Als er sie zum dritten Mal erspähte, meinte er, sie kurz lächeln zu sehen.

Aber ganz sicher war er sich nicht. Und so verging für ihn der Abend mit warten auf die kurzen Augenblicke, in denen er sie bewundern konnte.

Auf einmal hörte die Musik auf zu spielen, Methusa trat wieder auf den Felsen. Und sagte: „Ich hoffe, Ihr habt Euch bis jetzt gut amüsiert. Ich denke, uns allen tut jetzt eine kleine Pause gut. Das Tanzen strengt doch ganz schön an. Zumindest in meinem Alter." Dabei lächelte sie vergnügt und ließ sich gemütlich auf dem Felsen nieder. Sicher habt Ihr Euch schon gefragt, weshalb dieses Riff hier auch „der verlassene Thron" genannt wird. Ich werde Euch jetzt die Geschichte dazu erzählen." Sofort wurde es wieder still, wie immer, wenn Methusa etwas zu sagen hatte. Alle setzten oder legten sich ins Meeresgras und warteten gespannt auf die versprochene Geschichte:

„Vor langer Zeit", begann Methusa, „lebte hier ein König mit seiner Familie. Er wohnte mit seiner Frau, seinen sechs Söhnen und acht Töchtern in einer wunderschönen Höhle. In den umliegenden Höhlen wohnte das Personal. Der König war sehr beliebt, weil er umgänglich und freundlich war. Seine ältesten Kinder waren allerdings mitten in den Flegeljahren und trieben jede Menge Unsinn. Auch wenn die Meeresbewohner sich manchmal kräftig ärgerten, so nahmen sie das trotzdem nicht allzu tragisch. Warum sollten Königskinder sich besser benehmen als ihre eigenen. Und so lebte man im Frieden miteinander und wenn ein Fest bei Hofe stattfand, waren die Bewohner der Umgebung immer mit eingeladen.

So feierte die Königin am 25. Juni im Jahre 488 nach Neptun ihren Geburtstag zusammen mit ihrer Familie und ihren Freunden. Es war ein wunderschönes Fest und nur die edelsten Speisen und Getränke wurden angeboten. Als das Fest seinen Höhepunkt erreicht hatte, als alle ausgelassen feierten und tanzten, tauchte plötzlich, wie aus dem Nichts, ein Haifischschwarm auf. Was dann geschah, war genauso fürchterlich wie der Überfall der Haie auf uns vor ein paar Monaten. Viele Gäste wurden gefressen und von der königlichen Familie blieb kein einziger übrig. Die restlichen Meeresbewohner waren verstört und entsetzt und mieden für lange Jahre diesen Platz. Sie konnten sich nur schwer daran gewöhnen, dass sie keinen König mehr hatten und dass es keine fröhlichen Feste mehr gab. Wenn wenigstens einige der Kinder überlebt hätten, dann wäre das Königshaus nicht ganz verschwunden. Aber so....

Die Meeresbewohner wussten allerdings nicht, dass die jüngste Tochter des Königs, Morla, bei einem Onkel zu Besuch weilte. Sie hatte dort die Masern bekommen und konnte deshalb nicht am Geburtstagsfest ihrer Mutter teilnehmen. Somit war sie die Einzige, die noch lebte. Ihr Onkel behielt sie in seiner Familie und zog sie mit seinen Kindern groß. Er war sehr korrekt und ziemlich altmodisch. Doch Morla verlebte mit ihren Cousinen und Cousins trotzdem eine schöne Kindheit.

Erst als Morla ins heiratsfähige Alter kam begannen die Probleme mit dem Onkel. Er wollte sie unbedingt standesgemäß verheiraten, da er der Ansicht war, seine Nichte könne nur den Thron ihres Vaters besteigen, wenn sie vorher einen passenden Partner heiraten würde, der die meisten Amtsgeschäfte für sie übernahm. Doch da kam er schlecht an bei Morla. Der zukünftige Ehemann, den ihr Onkel ausgesucht hatte, war in ihren Augen einfach nur grässlich. Er war vollkommen humorlos und langweilig. Sie hatte ihn noch niemals lachen sehen und zu allem Elend schielte er auch noch ein kleines bisschen. Morla protestierte lautstark gegen die geplante Heirat. Doch ihr Onkel blieb hart. „Mister Turtle" war in seinen Augen der richtige Kandidat. Er hatte ausgezeichnete Manieren und kam aus einer angesehenen Familie. Und so wurde ein Datum für Morlas Verlobungsfeier festgesetzt obwohl sie tobte und drohte. In ihrer Not vertraute sie sich Nari, einem befreundeten Adlerrochen, an. Dieser überlegte lange, bevor er Morla vorschlug, zu fliehen. „Es ist Deine einzige Möglichkeit, dieser Ehe zu entkommen. Du musst allerdings sehr weit fort von hier. In ein Gebiet, in das Dein Onkel niemals kommt". „Wie soll ich das schaffen? Ich schwimme nicht schnell genug und müsste den langen Weg auch noch durch längere Pausen unterbrechen. Das klappt niemals."

„Dann werde ich dich eben von hier wegbringen, bot sich Nari an. Du kannst Dich auf meinen Rücken setzen und ich bringe dich, schnell wie ein Pfeil, von hier weg." Morla schluckte gerührt. „Das wäre wunderbar. Allerdings habe ich ein ziemlich schlechtes Gewissen. Die Familie meines Onkels hat mich bei sich aufgenommen und mir ein zu Hause gegeben. Und nun fliehe ich bei Nacht und Nebel." „Das verstehe ich", antwortete Nari. „Aber wenn Du hier bleibst, wirst du den grässlichen Mister Turtle heiraten und dein ganzes Leben ertragen müssen." Morla nickte langsam und bemühte sich beherzt zu klingen als sie fragte: „Wann geht es los?" „Heute, nach Mitternacht, wenn alle schlafen. Wir treffen uns neben der Höhle des Seeigels. Dort wächst eine Menge Grünzeug. Da sieht man Dich nicht gleich. Also, sei pünktlich." Und schon schwamm Nari davon.

Als Morla am verabredeten Treffpunkt eintraf, wartete ihr Freund schon auf sie. „Rasch, steig auf. Wir müssen gleich los damit uns niemand sieht". Und so brachte Nari seine Freundin nach einer dreitägigen Reise zu einem Gelehrten, der eine große Bibliothek verwaltete. Als Morla das hörte, erschrak sie zuerst sehr. Sie stellte sich diesen Bibliothekar ähnlich vor wie Mister Turtle. Doch sie sollte sich irren.

Als sie an die Höhlentür klopften, öffnete Schnöck ihnen mit einem sympathischen Lächeln. Er hatte eine runde Brille auf und dahinter konnte Morla seine lustigen Augen sehen. Das beruhigte sie sehr und sie war froh, dass sie so freundlich aufgenommen wurde. Es begann eine schöne Zeit für sie. Schnöck erkannte bald, dass sie wissensdurstig war und eine gute Auffassungsgabe hatte. So durfte sie schon bald in der Bibliothek mitarbeiten und wenn Kunden kamen, diese auch beraten. Wenn es nichts für sie zu tun gab, suchte sie sich ein Buch heraus und las stundenlang. Schnöck gefiel das sehr und oft unterhielt er sich mit seiner Schülerin über das, was sie gelesen hatte. So wurde Morla im Laufe der Jahre immer belesener und klüger. Als Schnöck sich zu alt fühlte, die Bibliothek noch weiterzuführen, setzte er Morla als Nachfolgerin ein und versprach ihr, dass sie seine Höhle und alle Bücher nach seinem Tod bekommen sollte. Und weil er so stolz auf die kluge Schülerin war, nannte er sie Methusa, nach einem Buch, das ihm besonders gefallen hatte.

Als Methusa selbst alt geworden war, erwachte die Sehnsucht in ihr, die alte Heimat zu besuchen. Ihr Onkel war inzwischen zwar gestorben, aber ihre Cousinen und Cousins freuten sich, als sie ihre „Pflegeschwester" und Freundin aus früheren Jahren wieder trafen. Inzwischen waren über fünfzig Jahre vergangen und keiner hatte ein Interesse daran, Methusa ihre damalige Flucht vorzuwerfen. Eines Tages machte sie sich auf, um den Platz zu finden, an dem sie als jüngstes Königskind geboren und bis zu ihrem achten Lebensjahr glücklich war. Nun stellte sich die Frage für sie: Wo war sie eigentlich zu Hause? In ihrer Bibliothek? Bei der Familie ihres Onkels? Weil sie keine vernünftige Antwort darauf fand, beschloss sie, sich an allen drei Plätzen einzurichten. Die erste Höhle hatte ihr Schnöck nach seinem Tod vermacht, eine zweite kleine Höhle richtete sie sich bei einer Cousine ein und die dritte Höhle wird sie heute, an ihrem neunzigsten Geburtstag beziehen. Nämlich die Höhle, in der der verlassene Thron steht."

Methusa beendete ihre Geschichte und schaute gespannt auf ihre Freunde. Zuerst war es totenstill. Doch dann brach ein riesiger Jubel los. „Hurra, unser Thron wird besetzt" jubelten die Meeresbewohner. Die Musiker spielten einen Tusch nach dem anderen, und es dauerte lange bis sich das freudige Durcheinander ein wenig legte und man wieder sein eigenes Wort verstehen konnte.

Silver war nach dieser Überraschung einfach stumm. Er kratzte sich alle paar Sekunden mit seiner Flosse am Bauch und klappte das Maul auf und zu ohne einen Laut von sich zu geben. Flip, der das Ganze beobachtete, lachte und gluckste: „Tja, Silver, das haut Dich wohl um, was?" Dieser nickte und sagte dann glücklich: „Weißt Du, was mich am meisten freut? Dass ich mit meinen vielen Fragen weiterhin zu Methusa gehen kann. Dass ich jetzt weiß, wo ich sie finde und nicht wochenlang auf ein zufälliges Treffen warten muss. Ich finde das wundervoll". Übermütig schnappte Silver sich Flip und tanzte mit ihm ausgelassen zu einem wunderschönen Meereswalzer über den Felsen.

Der große Ball endete erst gegen Morgen und noch lange sprachen die Meeresbewohner von dem wunderbaren Fest. So etwas hatte noch keiner von ihnen erlebt und in der Erinnerung wurde diese Nacht noch glanzvoller und phantastischer, als sie es ohnehin gewesen war. Prunus, der als „Schleckermaul" bekannt war, schwärmte ständig vom kalten Buffet. Die Korallentörtchen und der Meereswein hatten ihn mächtig beeindruckt und er hatte im Laufe des Abends mindestens sieben Törtchen verspeist. Obwohl seine Freunde ihn deshalb kräftig neckten, ließ er sich nicht davon abhalten, zu schmausen. Schließlich war es unwahrscheinlich, dass er im Laufe seines Lebens noch einmal unter solchen Köstlichkeiten würde wählen können.

Silver ließ sich mit seinem Besuch bei Methusa noch eine ganze Weile Zeit. Er musste die neue Nachricht erst einmal verdauen. Und so machte er weiterhin seine Ausflüge und ging zwischendurch mit Flip zum Springen. Dabei kam er wieder einmal am alten Wrack vorbei. Er schwamm erneut durch die kleine Öffnung ins Innere des Schiffsrestes und sah sich um. Auch wenn er es sich nicht gerne eingestand, so merkte er doch, dass die Menschen ihn immer mehr zu interessieren begannen. So viel Widersprüchliches hatte er von ihnen gehört. Sie erschreckten einen mit ihren lauten Schiffen und töteten seine Kameraden. Auf der anderen Seite erzählte man, dass sie so wunderschöne Musik machen könnten. Wenn sie so glitzernde Dinge besaßen, wie den Spiegel und die Glaskugel, dann mussten sie an so etwas wohl auch ihre Freude haben. Er wollte einfach mehr über sie wissen. Und so machte er sich auf, um Methusa zu besuchen. Den Weg kannte er jetzt ja vom Fest und so brauchte er fast eine Stunde weniger als beim letzten Mal. Als er am Ziel ankam konnte er Methusa nirgends entdecken und spürte wie Enttäuschung in ihm aufstieg.

Ein dicker Gabelschwanz-Regenbogenfisch kam ihm entgegen geschwommen. „Hallo du, bist du neu hier? Habe dich noch nie gesehen." Silver nannte seinen Namen und erklärte, dass er Methusa suche. „Kein Problem, ich kann dir zeigen, wo sie wohnt. Ihre Höhle ist gleich in der Nähe. Aber vielleicht solltest du noch ein bisschen warten. Nach dem Mittagessen hält sie meistens ein Schläfchen. Wenn du Lust hast, kannst du so lange bei mir bleiben und etwas essen. Na, wie wär's?"

Silver war froh, gleich jemanden gefunden zu haben, der Methusa kannte, und der Regenbogenfisch machte einen netten Eindruck. „Ich bleibe gerne, wenn ich darf. Aber wie heißt Du eigentlich? Ich kann ja nicht einfach ‚He du' sagen. Der andere grinste und sagte: „Ich heiße ‚Glitter'. Kein sehr einfallsreicher Name, ich weiß. Bei uns heißt schon seit ewigen Zeiten der Fisch Glitter, der am meisten leuchtet. Mein Großvater hieß so, der Bruder meines Vaters heißt so, und jetzt eben auch ich. Damit man uns unterscheiden kann hat jeder von uns noch eine Farbe an den Namen gehängt. Ich heiße ‚Glitter-Blau'. Weil Blau in meinen Schuppen überwiegt. Aber nun komm! Meine Mutter hat bestimmt schon etwas Gutes vorbereitet." Und so kam Silver zu einem köstlichen Essen bei Glitters Familie.

Anschließend brachte ihn seine neue Bekanntschaft zu Methusas Höhle. „So, jetzt kannst du allein weiter. Da vorn siehst du den Eingang zur Höhle. Wenn du Lust hast, kannst du mich ja wieder einmal besuchen. Silver bedankte sich für die Gastfreundschaft und versprach, beim nächsten Mal wieder vorbeizukommen. Dann trennten sie sich.

Methusa freute sich sichtlich, als sie Silver sah. Sie plauderten eine ganze Weile über das Fest und lachten über den Krebs, dem im Eifer des Gefechtes der Taktstock abgebrochen war und über die kleine Krake, die zu viel Meereswein getrunken hatte und ständig ihre Beine ineinander verheddterte. Methusa öffnete sogar eine Flasche Meereswein und trank mit ihm ein Gläschen davon. Silver war sehr vorsichtig, da auch er bei dem Fest das starke Getränk ziemlich im Kopf gespürt hatte. Dann rückte er heraus, weshalb er gekommen war: „Ich wüsste gern noch mehr über die Menschen. Was ich von ihnen gehört habe ist so widersprüchlich. Du weißt bestimmt Näheres über sie. Hast du Lust mir von ihnen zu erzählen? Bitte!"

Methusa überlegte eine Weile: „Weißt du, was ich dir erzählen könnte, ist Theorie. Ich kenne zwar auch Menschen persönlich, aber das hilft dir nicht viel. Du musst mit jemandem sprechen, der sie sie kennt und dich zu Ihnen bringt. Ich habe da auch schon eine Idee. Fünf Tagesreisen von hier lebt eine große Gruppe Delphine. Sie haben immer wieder einmal Kontakt zu den Menschen. Hast du Lust sie zu besuchen?"

Silver erschrak ein bisschen. So eine weite Reise hatte er allein noch nie unternommen. Und dass die Delphine riesengroß sein sollten, wie ihm Flip einmal erzählt hatte, machte ihm auch nicht gerade Mut. Doch dann überlegte er, dass Methusa ihn nicht zu jemanden schicken würde, der ihm gefährlich werden könnte und sagte forscher als es ihm zumute war: „O.K., ich schwimme hin.

Scheinen ganz interessante Kerle zu sein, diese Delphine". Methusa, die seine Unsicherheit bemerkte schmunzelte: „Keine Angst Silver, sie fressen dich mit Sicherheit nicht auf. Und wenn du sie springen siehst, wird dir das Herz aufgehen." Dann aber wurde sie ernst: „Der Weg dorthin ist gefährlich. Das kannst du dir denken. Du kennst die Gewässer nicht und weißt auch nicht, wo Gefahren lauern. Ich gebe dir ein paar Namen von Bekannten mit. An die kannst du dich wenden, wenn du Hilfe brauchst oder auch wenn du mal ein bisschen Begleitung möchtest auf dem langen Weg. Wie ist es, möchtest du morgen gleich von hier aus starten oder gehst du erst noch einmal nach Hause?"

Silver überlegte: „Eigentlich würde ich gerne von hier aus los schwimmen." (Er wusste genau, dass ihn der Mut verlassen würde, wenn er erst einmal wieder zu Hause war). „Aber was mache ich mit Flip? Er ist mein bester Freund. Ich kann nicht so lange verschwinden ohne ihn zu benachrichtigen. Er würde umkommen vor Sorge. Seit dem Unfall mit Blubb sind wir nicht mehr so sorglos wie früher."

„Das ist kein Problem", entgegnete Methusa. „Ich kenne da einen Silberbeilfisch, der hin und wieder Botengänge für mich macht. Er wird bestimmt auch Flip die Nachricht überbringen, dass du einen Ausflug zu den Delphinen machst."

Silver war erleichtert: „Prima, dann schwimme ich gleich morgen früh los." „Gut, dann ruhe dich jetzt noch ein bisschen aus", schlug Methusa vor. „Ich rufe dich zum Abendessen und dann gehen wir früh schlafen. Du hast eine ordentliche Strecke vor Dir. Da ist es gut wenn, du morgen frisch und ausgeruht bist." Dann ließ Methusa ihn allein und machte einen Besuch bei Arthur, dem Silberbeilfisch. Dieser erklärte sich sofort bereit, Flip am nächsten Tag zu benachrichtigen. So war alles geklärt für die Reise zu den Delphinen.

Am nächsten Morgen weckte Methusa Silver sehr früh und stellte ihm ein reichliches Frühstück hin. Das Brot war aus Meeresweizen gebacken und schmeckte hervorragend, aber den Kaffee aus Tang fand Silver grässlich. Doch tapfer trank er davon, weil sich Methusa so eine Mühe für ihn gemacht hatte.

Nachdem sie ihm noch ein paar Namen von Freunden und Bekannten gegeben hatte, verabschiedete er sich von ihr und schwamm voller Tatendrang und Neugier los. Dann fiel ihm ein, dass er vergessen hatte Methusa nach dem hübschen Mädchen auf ihrem Fest zu fragen. Doch das konnte er ja noch nachholen, wenn er wieder zurück war. Jetzt hatte er erst einmal die Delphine als Ziel.

Die ersten Stunden genoss Silver seinen Ausflug sehr und betrachtete interessiert die neue Umgebung. Gegen Mittag bekam er Hunger und suchte die Gegend mit seinen Augen nach etwas Essbarem ab. Da er nichts Vernünftiges entdecken konnte, entschloss er sich zu einer Pause. Er machte auf einem weichen, moosartig bewachsenen Plätzchen Rast und schaute auf Methusas Liste. Dort waren ihre Bekannten und Freunde aufgeschrieben, die ihm weiterhelfen konnten. Säuberlich hatte sie alle verzeichnet – genau in der Reihenfolge der Route, die er schwimmen sollte.

Der erste war Igniculus, ein kleiner Feuerkalmar. Da er von jeher - im Vergleich zu den anderen Familienmitgliedern - winzig klein war, hatte man ihm diesen Namen gegeben, der übersetzt „Flämmchen" heißt. Das wurmte ihn anfangs mächtig doch inzwischen hatte Igniculus sich schon daran gewöhnt. Trotzdem schmeichelte es ihm sehr, dass Methusa gerade ihn dazu ausersehen hatte, sich um Silver zu kümmern und er überschlug sich fast vor Diensteifer. Zuerst schwamm er mit Silver zu einer Koralle, auf der sich einige seiner Bekannten zum Essen getroffen hatten. Er stellte Silver vor und zeigte ihm die besten Leckerbissen. Silver, der von dem langen Weg ausgehungert war, futterte sich kugelrund. Anschließend ließ er sich noch von Igniculus zu einem Mittagsschläfchen in seiner Höhle überreden. Dann machte er sich wieder auf den Weg obwohl sein Gastgeber bettelte, er möge doch noch 1-2 Tage bleiben. Doch Silver hatte sich vorgenommen, die große Strecke zügig zu bewältigen um bald zu den Delphinen zu gelangen. So versprach er Igniculus, ihn auf dem Rückweg wieder zu besuchen und ihm dann von seinen Erlebnissen zu erzählen.

Am Mittag kam er nicht mehr so schnell vorwärts wie am Morgen. Erstens war er noch immer ziemlich satt und außerdem war er vom Meereswein, der ihm schon wieder angeboten worden war, ein bisschen müde. 'Komisch', dachte Silver. ‚Bis vor ein paar Wochen kannte ich Meereswein nur vom Hören. Und nun bekomme ich ihn ständig angeboten'. So schwamm er ziemlich unkonzentriert und ließ sich mehr treiben als dass er vernünftig der Kartenbeschreibung von Methusa gefolgt wäre. Da er nur mühsam vorwärts kam und auch nicht so große Lust hatte wie am Morgen, suchte er abermals die Liste mit der Karte heraus und schaute nach dem nächsten Namen. Er fand einen Laternenfisch verzeichnet, der Bodo hieß. Jetzt musste er ihn nur noch finden. Methusa hatte ihm dringend ans Herz gelegt, nur bei ihren Bekannten zu übernachten, da es zu gefährlich war im Freien zu bleiben wenn man die Gegend nicht kannte. Also musste er unbedingt zu diesem Bodo. Aber wie er auch die Karte drehte und wendete, die Gegend in der er sich befand, passte nicht zu den Aufzeichnungen.

Deshalb wartete er eine ganze Weile ratlos, bis auf einmal eine Tiefsee-Languste auf ihn zukam. Er sprach sie an: „Hallo du, weißt du vielleicht, wo Bodo, der Laternenfisch wohnt? Ich möchte ihn gerne besuchen": Die Languste starrte ihn an, wobei eine Menge Borsten an ihrem Maul aufgeregt zitterten. „Wie soll der Fisch heißen? Bodo?? Keine Ahnung, wo der wohnt. Den kenne ich nicht". Silver schob ihr die Karte hin und sagte „er *muss* aber hier wohnen. Er steht auf meiner Liste und auf der Karte. Das „Borstenmaul" nahm die Karte und drehte sie in alle Richtungen. Plötzlich fing sie an zu lachen: „Mein Lieber, du bist ja in eine falsche Richtung geschwommen. Wenn du zu dem bezeichneten Punkt willst, dann musst du gerade wieder zurück und beim Riff mit den rosa Korallen (es gibt hier nur eines mit dieser Farbe) musst du dich *rechts* halten. Da hast du aber ganz schön geschlafen. Die Karte ist so deutlich gezeichnet, dass man sich eigentlich gar nicht verschwimmen kann. Na, dann, guten Rückweg!". Silver war ärgerlich, dass er ausgelacht wurde und verschwieg, dass er wahrscheinlich dem guten Wein dieses Missgeschick verdankte. Er bedankte sich äußerst knapp und machte sich auf den Rückweg.

Am rosa Korallenriff drehte er links ab, so wie die Languste es ihm geraten hatte und suchte nach den drei nebeneinander liegenden Hügeln, in deren Nähe Bodo wohnen sollte. Aber so angestrengt er auch spähte, er konnte diese Hügel nicht entdecken. Doch nach der Schlappe mit dem Borstenmaul hatte er keine Lust mehr, sich noch einmal auslachen zu lassen. Und so suchte und suchte er und wurde dabei immer müder. Irgendwann wurde ihm klar, dass er sich ein zweites Mal verirrt hatte und dass er es heute nicht mehr schaffen würde, an sein Ziel zu gelangen. Also beschloss er, trotz Methusas Warnungen im Freien zu übernachten. Wohl war ihm bei diesem Gedanken nicht, aber er hatte jetzt keine andere Wahl mehr. Denn je müder er wurde, desto mehr ließ seine Aufmerksamkeit, nach und er bot sich als leichte Beute für einen Feind an. Nach langem Suchen und Schnuppern zwängte er sich in eine Felsspalte, die ein bisschen bewachsen war und wohl eine recht gute Tarnung sein würde. Kurze Zeit später war er auch schon eingeschlafen. Doch zwei Stunden später wurde er wach und sah einen großen Schwarzspitzen-Hai in seiner Nähe. Silver zitterte vor Schreck und spähte vorsichtig durch einen Spalt. Der Hai schnaufte und blubberte und machte einen ordentlichen Krach. Gerade als Silver das Gefühl hatte, er könnte es nicht mehr lange in dieser Anspannung aushalten, drehte der Hai ab und verschwand. Na, das war ja gerade noch einmal gut gegangen. Silver nahm sich vor, in Zukunft mit dem Genuss von Meereswein etwas vorsichtiger zu sein, denn auf dieser Reise musste er selbst auf sich aufpassen. Da gab es keinen Flip und keine Methusa, die ihn warnen konnten. Er schlief noch ein paar Stunden, und als er ausgeruht war, fand er sich auf der Karte wieder besser zurecht. Zwei Stunden später hatte er Bodo gefunden.

Dieser war sehr interessiert als er hörte, dass Silver mehr über die Menschen erfahren wollte und deshalb unterwegs zu den Delphinen war. Er hatte schon einmal die Bekanntschaft mit einigen von ihnen gemacht und war begeistert. „Sie sind so fröhlich und gut gelaunt. Das ist eine Wohltat. Denn hier unten gibt es schon viele griesgrämige Meeresbewohner. Das hängt bestimmt damit zusammen, dass sie nie oder nur selten nach oben ans Licht kommen. Deshalb habe ich meine Begegnung mit den Menschen auch so genossen. Ich denke oft an sie". „Warum schwimmst du nicht mit mir?", schlug Silver vor, der gerne einen Weggefährten gehabt hätte. Aber Bodo wehrte ab: „Das wäre nicht gut, Silver. Du bist nicht nur unterwegs zu den Delphinen sondern auch zu dir selbst. Und da musst du allein sein. Du musst selbst den Weg finden und lernen, deine Sinne zu schärfen und dir selbst zu vertrauen. Zu zweit geht das nicht. Wenn du zurück bist und wieder einmal einen Besuch machst, dann werde ich dich begleiten; versprochen!"

Silver merkte, dass er Bodo nicht umstimmen konnte und wusste im Stillen auch, dass er Recht hatte. Dennoch fiel es ihm schwer, seine Reise allein fortzusetzen. Bodo, der dies bemerkte, sagte zum Abschied: „Wenn Methusa dich auf diese Reise schickt, dann hat sie gute Gründe dafür. Du wirst sehen, wenn du wieder zurückkommst, bist du erwachsener geworden". Silver fand zwar, dass er erwachsen genug war, aber dass Methusa ihn nicht grundlos auf eine Reise schickte, sah er trotzdem ein. So bedankte er sich noch einmal bei Bodo und machte sich wieder allein auf den Weg zu seinem großen Ziel.

In den nächsten Tagen kam Silver gut vorwärts. Er bestaunte die Gegend, in der bizarre Felsen dem Meeresgrund ein fremdartiges und ein wenig unheimliches Aussehen gaben. Es gab jede Menge Felsspalten, die zum Teil dicht bewachsen waren und keinen Einblick gewährten. Sie dienten kleineren Fischen und Meerestieren als Versteck. Nur zu gerne hätte Silver einmal in solch einen Spalt geschaut aber er wagte dann doch nicht, die fremden Bewohner zu stören.

Am dritten Tag nach seiner Abreise von Bodo gelangte er endlich zu einem riesigen Hügel, auf dem eine höhlenartige, moosbewachsene Kugel aufragte. Von Methusa wusste er, dass es sich um die Wohnung von Brix handelte. Brix war ein dicker Meeresigel, der ebenso kugelig war wie sein Bau, und bei ihm sollte Silver eine Pause einlegen. Als Brix hörte, dass Silver von Methusa geschickt worden war, nahm er ihn gleich mit in seine Höhle und lud ihn zum Essen ein. Allerdings stellte sich heraus, dass er so schusselig war, dass Silver das Lachen verkneifen musste, wenn er ihn beobachtete. Mal suchte Brix seine Brille, dann seine eingelegten Krabbeneier, die er seinem Gast servieren wollte. Es dauerte deshalb ziemlich lange bis die beiden zum Essen kamen. Doch dann glänzte Brix als unterhaltsamer und vergnüglicher Unterhalter. Er erzählte seinem Gast spannende Geschichten aus seinem Leben und der Region, in der er lebte. Als sie auf Silvers Reise zu sprechen kamen wurde Brix plötzlich sehr ernst. „Hör zu", sagte er, „du kommst jetzt in eine Gegend die hochgefährlich ist. Es gibt dort mehr Haie als in jeder anderen Gegend und außerdem lebt dort ein gefürchteter, riesiger Krake. Ich denke, es ist sicherer, wenn ich dich begleite bis du wieder in ruhigere Gewässer kommst.

Silver atmete tief durch. Nichts konnte ihn so sehr erschrecken wie der Gedanke, dass Haie in der Nähe waren. Er spürte, wie ihm flau wurde und wäre am liebsten wieder umgekehrt. Doch dieser Blamage wollte er sich dann doch nicht aussetzen und so nickte er beklommen und bedankte sich für das Angebot von Brix. Dieser erzählte ihm noch einige Geschichten; doch Silver hörte nur mit halbem Ohr zu. Er war in Gedanken schon auf seiner Weiterreise durch die Region der Haie.

Brix bot ihm an, zu übernachten. „Es ist besser wenn wir morgen früh ausgeschlafen aufbrechen. Ich wecke dich beizeiten". Und so verbrachte Silver eine unruhige Nacht, obwohl es in der moosbewachsenen Kugel seines Gastgebers so urgemütlich und heimelig war.

Nach dem Frühstück machten sich die beiden gleich auf den Weg. „Pass gut auf", sagte Brix. Wenn ich mich zur Kugel zusammenrolle, dann drück' dich so gut du kannst an mich. Ich kann die Stacheln schon so stellen, dass ich dich nicht steche. Falls eine Felsspalte da sein sollte, dann rutsche da hinein. Da bist du noch sicherer. Vor allem darfst du in so einer Situation keinen Laut von dir geben. Frage nichts und sage nichts. Ich gebe dir schon Zeichen, was du tun sollst. Wenn du dich daran hältst, kann eigentlich nichts schief gehen. Ich bin schon oft in dieser Gegend gewesen und bin immer durchgekommen." Dann ging die Reise los.

Die ersten Stunden verliefen ruhig und ereignislos. Sie sprachen beide wenig. Silver staunte, dass Brix so schweigen konnte, nachdem er ihn am Vortag so redselig erlebt hatte. Allerdings war er immer noch schusselig und stolperte immer wieder über irgendwelche Muscheln oder Krebse, die im Weg lagen. Doch das schien keinen weiter zu stören. Anscheinend kannten hier unten alle den liebenswerten Seeigel.

Gegen Mittag hörten sie auf einmal ein unheimliches Rauschen, das immer näher kam. „Der Krake", flüsterte Brix und schubste Silver in eine Felsspalte, die direkt neben ihnen war. Dann kletterte er, so schnell es sein kugeliger Bauch erlaubte, selbst hinein und zog ein bisschen Tang über ihre Körper. Das gelang gerade noch im letzten Moment. Dann war das Rauschen schon direkt über ihnen. Silver hatte das Gefühl, man müsse sein Herz in einem Umkreis von mindestens drei Kilometern klopfen hören. Ganz starr verharrte er hinter Brix und rührte sich nicht vom Fleck. Der Tang über ihnen war ein guter Schutz, aber natürlich nicht völlig dicht. Und so konnten sie durch die Spalten den riesigen Kraken über sich erspähen. Silver hatte noch nie so riesige Fangarme gesehen. Sie wedelten hin und her und verursachten dabei einen heftigen Sog. Doch die beiden waren in ihrer Spalte gut eingebettet und sicher. Zum Glück sah Silver nicht die schaurigen Augen des Tieres. Er wäre wahrscheinlich in Ohnmacht gefallen. Die Angst, die er ausstand, reichte ihm auch so. Es verging bestimmt eine halbe Stunde bis der Krake weiter zog. Brix wartete noch eine ganze Weile bis er aus der Spalte herauskletterte, und auch Silver ein Zeichen gab, sich zu rühren. Er wollte erst ganz sicher sein, dass die Gefahr auch wirklich vorbei war.

Silver war sichtlich angeschlagen nach diesem Erlebnis und sein Begleiter musste ihm einigen Mut zusprechen bis er sich bereit erklärte, die Reise fortzusetzen. „Schau Silver", sagte er, „unser Leben hier unten ist ständig gefährdet. In manchen Regionen mehr, in anderen etwas weniger. Aber wir müssen eigentlich ständig auf der Hut sein, dass wir nicht gefressen werden. Und je ruhiger du reagieren kannst, desto besser kannst du die Situation meistern. Es kommt weniger auf die Größe oder die Geschwindigkeit an. Wichtig ist, dass du schlau und ideenreich bist und dass du dich nicht einschüchtern lässt. Es ist nicht mutig, wenn man keine Angst empfindet, sondern es ist Mut wenn man die Angst überwindet. Wenn man trotz Herzklopfen und dem Gefühl weglaufen zu wollen, einen Ausweg sucht. Auf diese Weise sind Methusa und ich schon beachtlich alt geworden obwohl wir immer wieder in ziemlich gefährlichen Situationen waren. Ich bin sogar einmal über den Fuß eines kleineren Kraken gefallen, weil ich wieder einmal meine Brille vergessen hatte. Der Krake war aber immerhin groß genug, dass er mich zum Mittagessen hätte verspeisen können. Da ich nicht gesehen hatte, über wen ich gestolpert war, habe ich mich höflich entschuldigt und gesagt: "Verzeihen Sie, ich habe meine Brille vergessen. Ich hoffe, Sie haben sich nicht wehgetan." Genau in diesem Moment hat sich das Tier bewegt und ich habe erst gemerkt, wen ich da vor mir hatte. Da dachte ich, wenn ich jetzt weglaufe (das geht bei meinem Körpergewicht ja sowieso recht langsam) dann wird er mich verfolgen. Und so habe ich nochmals gesagt: ‚Also, nichts für ungut' und bin gemütlich weitergelaufen. Der Krake war so verdutzt, dass er gar nicht reagieren konnte. Und bis er begriffen hatte, was da eben vorgefallen war, war ich schon in Sicherheit. Verstehst Du, was ich meine? Als ich entdeckte, wen ich da vor mir habe, dachte ich, ich falle in Ohnmacht vor Schreck. Ich brauchte die Kraft, die Angst zu überwinden, und zu tun, als sei mein Verhalten normal. Genau damit habe ich die Situation retten können."

Bei der Erzählung von Brix musste Silver auf einmal furchtbar lachen und die aufgestaute Angst verflüchtigte sich immer mehr. So überwand er seine Bedenken und folgte Brix weiter auf dem Weg zu den Delphinen. Gegen Abend erreichten sie einen grau glänzenden Felsen, an dessen Fuß sich Hunderte von Krabben tummelten. Brix hielt an und sagte: "So, jetzt haben wir das Gebiet der Haie hinter uns. Ab hier bist du wieder in ruhigeren Gewässern und bald bist du am Ziel. Ich bringe dich jetzt noch zu Tilly, einer Cousine von Methusa. Sie wird dir morgen den restlichen Weg erklären." Silver war erleichtert, dass sie es geschafft hatten, das unheimliche Gebiet, das hinter ihnen lag, zu durchqueren ohne einem einzigen Hai zu begegnen.

Tilly freute sich sehr über Methusas Grüße und hieß Silver und seinen Begleiter herzlich willkommen. Sie bot beiden sofort ein Nachtlager an, das auch Brix gerne annahm. Er wollte den weiten Rückweg nicht noch so spät antreten. Nach dem Abendessen saßen sie zusammen und Silver erzählte, wie es zu dieser Reise gekommen war.

"Morgen hast du es geschafft. Du wirst auf die Delphine treffen. Du bist ganz schön tapfer, dass du diese gefahrvolle Reise auf dich genommen hast", sagte Tilly warm. Silver kratzte sich vor Verlegenheit mit der Flosse am Bauch; doch das Lob tat ihm sichtlich gut. Noch eine Weile verfolgte er das Gespräch zwischen Brix und Tilly. Dann fielen ihm vor Müdigkeit einfach die Augen zu und er schlief fest und traumlos bis zum nächsten Morgen.

Nach einem reichhaltigen Frühstück verabschiedete sich Brix von beiden und machte sich auf seinen langen Heimweg. Tilly erklärte Silver den Weg zu den Delphinen und sagte: „Ich hoffe, Du kommst auf dem Rückweg wieder bei mir vorbei. Ich bin gespannt auf Deine Erlebnisse."

Die restliche Strecke hatte Silver bald bewältigt und gegen Mittag kam er in die Gegend, in der sich nach Methusas Aufzeichnungen die Delphine befinden sollten. Er schwamm jetzt langsamer und betrachtete aufmerksam seine Umgebung um nur ja nicht sein Ziel zu verfehlen. Doch um ihn herum blieb alles still. Merkwürdig war, dass er den ganzen Weg seinem Ziel entgegengefiebert hatte. Doch jetzt wartete er geduldig auf das Zusammentreffen.

Die Gegend, in der er sich befand, gefiel ihm. Die Sonne drang bis zum Meeresgrund durch, was ein Zeichen war, dass er sich hier viel höher befand als vorgestern noch bei Brix. Durch diese Helligkeit wirkten die Tiere und Pflanzen auf ihn freundlich und einladend. Silver genoss das Farbenspiel. Manche Fische leuchteten in herrlichen Farben und das Grün der Pflanzen war so kräftig, wie er es noch nie gesehen hatte. Während er in seine Betrachtungen vertieft war spürte er plötzlich über sich kräftige Bewegungen im Wasser. Und dann entdeckte er auch schon einen großen Schwarm von Delphinen. In sicherem Abstand schwamm er langsam zur Wasseroberfläche. Und was er da sah verschlug ihm buchstäblich den Atem. Die riesigen Tiere flogen elegant und leicht durch die Luft und legten dabei ungeheure Entfernungen zurück. Dieses Mal vergaß Silver sogar, sich am Bauch zu kratzen. Er staunte über die Eleganz, die sie dabei an den Tag legten. „Das müsste Flip jetzt sehen", dachte er. „Der würde vor lauter Begeisterung nur noch blubbern". Das war eine Angewohnheit, die Flip an sich hatte. Wenn er aus dem Konzept kam oder wenn er über etwas sehr erstaunt war sprach er immer undeutlicher, bis man nur noch ein lautes Blubbern von sich gab. Wir Menschen nennen so etwas „Stottern". Silver bedauerte es sehr, dass sein Freund gerade jetzt so weit entfernt von ihm war und er nahm sich vor, ihn einmal mit hierher zu bringen damit auch er dieses Schauspiel erleben konnte.

So sehr ihn die Delphine auch faszinierten, so war er doch ein bisschen scheu und wagte sich nicht in ihre unmittelbare Nähe. Nachdem er ihren Sprüngen eine gute halbe Stunde zugesehen hatte, fiel ihm ein, dass sie bestimmt irgendwann weiter schwimmen würden und er dann bis zum nächsten Tag auf ein Treffen warten müsste. Das wollte er aber auf gar keinen Fall. Jetzt, da er endlich am Ziel war, wollte er auch mit ihnen zusammentreffen. Also schwamm er kurz entschlossen immer näher an die Gruppe heran. Und plötzlich sprach ihn jemand von der Seite her an: "Na, Kleiner, was machst Du denn da? So mitten in einem Delphinschwarm?" Silver blickte überrascht auf und sah in ein freundliches Delphingesicht. „Äh, ich wollte eigentlich…äh, na ja", stieß Silver nicht gerade sehr intelligent hervor. Der Delphin lachte. „Das ist aber eine erschöpfende Auskunft. Was willst Du denn nun wirklich?" Silver ärgerte sich über sich selbst und riss sich zusammen. Er nannte seinen Namen und erzählte in ein paar kurzen Sätzen weshalb er hier war. Der Delphin stieß einen lauten Pfiff aus und sagte: „Ganz schön mutig, Kleiner. Dass du so eine weite Reise auf dich genommen hast um uns kennen zu lernen und etwas über die Menschen zu erfahren. Ich heiße übrigens Baltus. Und wenn du willst, stelle ich dich jetzt meinen Freunden vor." Und wie Silver das wollte. Er nickte eifrig mit dem Kopf und folgte Baltus, der langsam vor ihm her schwamm damit er sein Tempo mithalten konnte.

Bei der Gruppe angekommen, stellt Baltus Silver sofort den anderen vor und erzählte von seiner weiten Reise. Ein bisschen mulmig wurde es ihm schon als er von so vielen dieser Riesen umringt wurde. Aber als er ihre freundlichen und neugierigen Gesichter sah wurde er zutraulicher und begann selbst zu erzählen: von seiner Sehnsucht die Menschen kennen zu lernen, von Methusa, die ihm zu dieser Reise geraten hatte und auch von den Gefahren unterwegs. Die Delphine staunten über diesen kleinen Fisch, der so viel unternommen hatte, um an sein Ziel zu kommen. Baltus schlug vor, dass er ein paar Tage bei ihnen bleiben sollte um sie kennen zu lernen und um alles zu erfahren, was er wissen wollte.

Silver war mehr als erleichtert, dass das erste Zusammentreffen so problemlos verlaufen war und dass diese Riesen mit ihm so freundlich umgingen. Er schien also tatsächlich am Ziel angekommen zu sein. Hier würde er endlich mehr über die Menschen erfahren. Der gefahrvolle Weg hatte sich wohl gelohnt.

Die nächsten Tage waren für Silver wunderbar. Er genoss die Gemeinschaft sehr, zumal er dort im Mittelpunkt stand, was ihm sehr schmeichelte. Er durfte die Kinderstube anschauen, in der die Jungen spielten, und wenn sich die Delphine versammelten um zu springen und im Meer zu tollen, nahmen sie ihn in die Mitte, damit ihm nichts passierte. Schließlich war er gegen diese Kameraden winzig klein und wenn ihm so ein riesiger Brocken auf den Kopf gesprungen wäre, hätte ihn das umbringen können.

Am Abend des zweiten Tages lag er mit Baltus gemütlich auf einem dick bewachsenen Felsvorsprung unter der Meeresoberfläche. Sie hatten zu Abend gegessen und lagen eine ganze Weile faul und stumm nebeneinander. Dann aber fragte Silver nach den Menschen: „Erzähl mir von ihnen", bat er. „Ich möchte so gern wissen wie sie sind und wie sie leben".

Baltus antwortete: „Die Menschen sind nicht für das Wasser gemacht. Sie haben keine Flossen oder Tentakel um im Meer zu leben. Sie brauchen immer Hilfsmittel um sich bei uns bewegen zu können". Silver wusste das zwar schon von Prunus aber er schwieg, weil er Baltus nicht unterbrechen wollte.

„Die Menschen bauen Schiffe um das Meer zu befahren, und da kann man sie auch sehen, wenn man die Route der Schiffe kennt. Oft sind dort Menschen an Bord, die einmal das Meer kennen lernen wollen, und die sich freuen wenn sie uns beim Springen zuschauen können." Silver staunte: „Ich dachte, die Menschen seien Ungeheuer. Sie befahren die Meere um uns zu jagen. Sie lassen riesige Netze ins Wasser um Fische zu fangen und zu töten. Was stimmt denn jetzt?" Baltus wiegte seinen Kopf: „Silver, es stimmt beides. Die Menschen befahren die Meere um Fische zu fangen und sie zu essen. Natürlich ist das für einen Fisch, der im Netz landet, letztendlich egal ob er gefangen wird, weil der Mensch ihm Böses will oder weil er einfach Hunger hat. Dennoch ist es wichtig, dass du lernst zu unterscheiden. Der Mensch hat Mittel und Wege, die dir verschlossen sind. Deshalb ist er mächtiger als du. Du fürchtest dich nicht vor ihm, weil er böse ist, sondern weil er stärker ist. Er hat die Macht, dich am Leben zu lassen oder dich zu töten. Und jetzt kommt es darauf an zu verstehen weshalb er seine Entscheidung auf die eine oder andere Weise trifft. In den meisten Fällen wirft er seine Netze aus, um seinen Hunger zu stillen. Er muss überleben. Genau wie viele der Meeresbewohner davon leben, dass sie ihre kleineren Artgenossen auffressen. Und das ist dann nicht böse sondern einfach ein Naturinstinkt. In dem Moment, in dem du diese Gedanken verstehst, kannst du dein Gegenüber akzeptieren, obwohl du sein Tun immer noch fürchtest. Der Stärkere hat die Macht, darüber zu entscheiden, wie es dem Schwächeren geht. Das bedeutet aber auch, dass er die Verantwortung dafür trägt. Seinen Hunger zu stillen, ist nicht böse. Es gibt aber auch Menschen, die viel zu viele Fische fangen, um eine Menge Geld damit zu verdienen. Sie wollen einfach nur reich werden und fragen nicht danach, ob sie damit Schaden anrichten. Sie sind sogar bereit, den Überschuss ihres Fanges zu minderwertigen Produkten zu verarbeiten wenn dafür die Kasse stimmt. Das ist böse und schadet Tier, Meer und letztendlich auch dem Menschen selbst. Denn er braucht eine gesunde Umwelt, um selbst gesund zu bleiben. Doch das vergisst er in diesem Moment völlig. Doch nun Schluss damit. Sonst hast du wirklich noch das Gefühl, dass die meisten Menschen böse sind. Und das ist nicht der Fall. Im Gegenteil. Ich habe schon so viele Menschen erlebt, und es war immer wunderbar mit ihnen."

„*Du* hast Menschen persönlich kennen gelernt? Erzähl doch, bitte", schnappte Silver aufgeregt.

„Nun ja", erzählte Baltus weiter, „die meisten Begegnungen finden aus einiger Entfernung statt, wenn wir die Schiffe besuchen, auf denen die Menschen ihre Ferien verbringen. Und selbst dort genieße ich immer wieder die Freudenrufe und das Winken, wenn sie uns springen sehen. Aber ich habe noch eine andere Adresse. Und dort komme ich ganz nahe mit den Menschen zusammen. Es gibt ungefähr eine Stunde von hier eine Einrichtung, in der Freunde von mir leben. Sie arbeiten mit kranken Menschenkindern. Es sind Kinder, die sich nicht fortbewegen können oder die so krank sind, dass sie mit niemandem richtig Kontakt aufnehmen können. Nicht einmal mit ihren Eltern. Und wenn sie dann vorsichtig ins Wasser gelassen werden, dann spielen meine Freunde mit diesen Kindern. Du würdest staunen wenn du sehen könntest, wie diese Kleinen plötzlich strahlen und planschen, wenn sie mit uns Delphinen im Wasser sind. Aber weißt du, was noch mehr unter die Schuppen geht? Wenn du die Eltern siehst. Die Freude, wenn Ihre Kinder Fortschritte machen und die Dankbarkeit. Wenn du das einmal erlebt hast, dann weißt du, dass der Mensch nicht böse ist. Dass die Liebe zu seinen Kindern bestimmt nicht die einzige Form der Liebe ist. Es ist einfach wunderbar. Wie ist es, kleiner Fisch? Du hast so eine weite Reise hinter dir und warst unterwegs sehr mutig. Möchtest du mich zu der Delphin-Farm begleiten und dir mal alles aus nächster Nähe anschauen"?

Silver schwieg einen Moment und schluckte. Die begeisterte Erzählung von Baltus hatte ihn sehr ergriffen und so sagte er, wenn auch ein wenig zögernd, zu. Baltus lächelte ihn aufmunternd an und sagte: „Das habe mir gedacht. Du brauchst keine Angst zu haben. Da, wo ich mit dir hingehe, sind keine großen Gefahren für dich. Und außerdem passe ich auf dich auf. Schließlich will ich es mir mit Methusa nicht verderben... Aber zuerst nehme ich dich einmal mit zu den großen Schiffen, auf denen die Menschen ihre Ferien verbringen. Dann kannst du aus der Ferne zuschauen und dich langsam mit Ihnen vertraut machen. Später schwimmen wir dann zur Delphinfarm. Du hast so eine weiter Reise hinter Dir. Da kommt es auf ein paar Tage mehr oder weniger nicht an. Lass dir Zeit, Silver wenn du Antworten auf deine Fragen suchst. Wenn du in Eile bist, übersiehst du vielleicht genau das, was für dich das Wichtigste ist." Silver nickte und drückte sich vertrauensvoll an seinen neuen Freund, der ihn schlafen schickte: „Kleiner Fisch, schlaf dich gut aus. Morgen ist der große Tag, auf den du so lange gewartet hast". Und Silver, der dachte, er könne vor lauter Aufregung keine Auge zu tun, träumte eine halbe Stunde später bereits von seiner ersten Begegnung mit den Menschen.

Silver genoss das reichhaltige Frühstück am Morgen obwohl er schrecklich aufgeregt war. Die Seetang-Brötchen schmeckten ihm bestens und er langte kräftig zu. Als er aber die See-Elefantenmilch probierte, gab er begeistert einen Schnalzer nach dem anderen von sich. Baltus lachte: „Die Milch scheint ja genau nach Deinem Geschmack zu sein." Silver nickte: „Sie ist köstlich. Bis jetzt habe ich noch nie welche getrunken und auch nicht gehört, dass meine Freunde sie kennen." „Nun, das ist kein Wunder", entgegnete Baltus. „See-Elefantenmilch gibt es natürlich nur da, wo auch See-Elefanten leben. Und hier gibt es jede Menge davon. Da wo du herkommst leben keine See-Elefanten. Und bis man die Milch zu Euch transportiert hätte, wäre sie schon verdorben". „Schade" befand Silver und schenkte sich noch einen großen Becher davon ein, den er dann genüsslich austrank." Als er satt war, wurde er unruhig und schaute Baltus erwartungsvoll an. Dieser lachte: „Du möchtest wohl gleich los? Ich muss nur noch schnell ein paar Kollegen Bescheid geben. Dann machen wir uns auf den Weg." Und so waren sie eine halbe Stunde später mit fünf anderen Delphinen auf dem Weg zu den großen Schiffen.

Das Schiff war ein ziemlich groß, und es waren viele Menschen an Bord. Sie standen an der Reling und warteten auf das Schauspiel, das man ihnen von Seiten der Mannschaft versprochen hatte: Die Delphine. Baltus schwamm jetzt langsamer: „Dort drüben siehst du die Menschen. Schau, sie stehen extra dort oben um uns zu sehen." Silver starrte neugierig zu der Menschentraube, die an der Reling stand. „Los, schwimm noch ein bisschen näher heran" ermunterte ihn Baltus und schwamm auch selbst immer dichter zum Schiff hin. Vorsichtig folgte ihm Silver. Nun konnte er die ersten Gesichter erkennen. Ein eigenartiges Gefühl beschlich ihn. Die Menschen sahen ganz anders aus, als er sie sich vorgestellt hatte. Sie schauten alle gespannt auf das Wasser und warteten. Baltus hieß Silver dort zu bleiben wo sie jetzt waren: „Von hier aus hast du den besten Blick auf die Reling. Schau sie dir in Ruhe an, deine Menschen, während wir anderen ein bisschen springen." Mit klopfendem Herzen sagte Silver zu obwohl er liebend gern mit Baltus zurückgeschwommen wäre. Aber jetzt, da er endlich am Ziel seiner Träume war, wollte er nicht kneifen. Und so wartete auch er auf die Vorstellung seiner neuen Freunde.

Die Delphine begannen mit ihrem Schauspiel. Als sie sich formierten ging der erste Ruck durch die Menschen und sie begleiteten die ersten Sprünge mit lauten „Aahs und Oohs". Silver sah mit Staunen die Veränderung auf den Gesichtern. Je länger die Delphine sprangen desto fröhlicher wurde Menge. Baltus und seine Freunde gaben sich besonders viel Mühe und sprangen höher denn je und pfiffen und lachten laut dazu. Silver staunte mit offenem Maul über die ausgelassenen jubelnden Menschen. Das waren also die gleichen Menschen, die ihn mit ihren Fischkuttern und Netzen in Angst und Schrecken versetzt hatten. So schien das, was ihm Methusa und auch Baltus erzählt hatten, wahr zu sein. Angesteckt von der fröhlichen Laune an Deck hüpfte er im Wasser auf und ab und ließ sich immer mehr in den Sog der Ausgelassenheit mit hinein nehmen. Als seine Freunde endlich ihre Vorführung beendeten, klatschten die Zuschauer kräftig Beifall. Erschreckt tauchte Silver unter. Baltus, der zu ihm hinschwamm sah gerade noch seine Schwanzflosse versinken. Flugs sauste er hinter Silver her und holte ihn wieder nach oben. „Tut mir leid, Silver. Ich habe vergessen, dir zu sagen, was die Menschen nach unseren Darbietungen tun. Sie klatschen Beifall. Das ist das Geräusch, das dich so erschreckt hat. Sie tun das, um uns zu zeigen, dass ihnen unsere Springen gefallen hat. Es ist ihre Art uns ihre Sympathie zu zeigen." Silver nickte verlegen. Es war ihm peinlich, dass er so ein Hasenfuß war. Doch Baltus sah elegant darüber hinweg und stupste ihn zärtlich. „Na, wie hat es dir denn gefallen?" Silver, der noch ziemlich sprachlos war von dem Erlebten, sagte nur: „Toll, war's; einfach toll!" Und Baltus wusste, dass der kleine Fisch jetzt erst einmal Zeit brauchte, um das Erlebnis zu verarbeiten. Er ließ ihn auf dem Heimweg ganz in Ruhe und brachte ihn dann zu seinem Lager, damit er dort von seiner ersten Begegnung mit den Menschen träumen konnte.

Silver hatte diese Stunde sehr genossen und konnte jetzt auch ein bisschen von seiner Angst vor den „ungeheuerlichen" Menschen ablegen. In den nächsten drei Tagen unternahmen die Delphine nichts Außergewöhnliches mit ihm. Er war einfach ihr Gast. Am glücklichsten war er, wenn sie zum Springen gingen. Er konnte sich an den riesigen silbernen Leibern nicht satt sehen, die so elegant durch die Luft segelten und er brannte immer mehr darauf, Flip eines Tages mit zu seinen neuen Freunden zu nehmen und ihm alles zu zeigen.

Eines Morgens weckte Baltus ihn früher als sonst. Beim Frühstück, bei dem Silver wieder genüsslich zwei Becher See-Elefanten-Milch schmatzte, erfuhr er, dass es nun endlich zur Delphin-Farm gehen sollte. Dieses Mal war er zwar auch wieder recht aufgeregt, aber nach dem, was er vor ein paar Tagen vor dem Dampfer erlebt hatte, hatte er jetzt viel weniger Angst.

Neugierig schwamm er neben Baltus her, der schnaufend das Wasser durchpflügte. Plötzlich wurde Baltus langsamer und verharrte dann ruhig an einem Fleck. „Wir müssen uns ganz langsam nähern", sagte er. Dich kann man vom Ufer aus ja nicht sehen, aber mich. Und das könnte die Arbeit meiner Kollegen stören, weil die Kinder dann abgelenkt werden." Und so ließen sie sich langsam immer näher zum Ufer treiben. Plötzlich entdeckte Silver, dass mitten im Wasser ein riesiges Gitter zu sehen war. Er hätte leicht hindurch schwimmen können aber für Baltus gab es da bestimmt keine Möglichkeit. Fragend sah er ihn an. „Das macht nichts", sagte er. Wir sind hier ganz dicht an allem dran und können alles Wichtige sehen. Außerdem kannst du, wenn du willst, jederzeit hinein schwimmen und alles aus aller nächster Nähe anschauen." Silver schüttelte den Kopf. So übertreiben wollte er es nun auch wieder nicht. Wenn es Baltus von hier außen genügte, dann genügte es auch ihm. Dieser begann zu erklären: „In den nächsten Minuten werden die Delphine hier ins Becken gelassen. Sie dürfen dann erst einmal eine Weile allein schwimmen und spielen, bevor man die Kinder zu ihnen bringt."

Er hatte kaum zu Ende gesprochen, als auch schon ein großes Tor zu Seite geschoben wurde und dann kamen vier große, schöne Delphine ins Becken gesaust. Sie spielten, lachten und turnten vergnügt im Wasser. Plötzlich entdeckten sie Baltus, schwammen dicht ans Gitter, und begrüßten ihn mit aufgeregtem Geschnatter. Dann stellte Baltus ihnen Silver vor und erzählte ihnen in kurzen Sätzen, weshalb sie hier waren. Die vier staunten nicht schlecht, als sie diese Geschichte hörten. „Und Methusa hat dich hergeschickt?" fragte der Größte von ihnen, den Baltus mit Abukir anredete. „Ja", antwortete Silver. „Sag bloß, Ihr kennt Methusa hier auch".

Abukir lachte: „Natürlich kennen wir Methusa. Sie kommt nicht oft, weil der Weg sehr weit ist, aber so alle ein bis zwei Jahre kommt sie schon vorbei. Sie muss großes Vertrauen in dich haben, dass sie so einen winzigen Fisch auf eine so weite Reise schickt." „Sooo winzig bin ich ja nun auch nicht", dachte Silver. Aber er schwieg wohlweislich, weil er einsah, dass er neben diesen Riesen wirklich ein Zwerg war. Außerdem war jetzt keine Zeit mehr für weitere Unterhaltungen, da die Delphine ihren Dienst antreten mussten.

Vier Männer, die Baltus Silver als Trainer vorstellte, kamen an den Beckenrand. Sie sagten etwas zu den Delphinen, was Silver nicht verstand. Dann kamen Männer und Frauen, die insgesamt vier Kinder auf den Armen hielten. Langsam ließen sie sich mit ihnen ins Wasser gleiten und brachten sie vorsichtig zu den Delphinen. Diese begannen behutsam mit den Kindern zu spielen. Sie stupsten und kitzelten sie und nahmen so Kontakt mit ihnen auf. Zuerst hielten sich die Kinder ängstlich an ihren Betreuern fest und gaben kaum einen Mucks von sich. Doch je länger sie von den munteren großen Gesellen umgeben waren, desto lebendiger wurden sie auf dem Arm ihrer Helfer. Nach einer Viertelstunde war lautes Jauchzen und Lachen zu hören. Die Gesichter der Eltern, die am Ufer zuschauten, entspannten sich mehr und mehr, und die Freude über das Spiel ihrer Kinder mit den Delphinen war ihnen anzusehen. Staunend betrachtete Silver das Schauspiel. Hier war nichts von all dem Schlimmen und Bösen zu entdecken, was er von den Menschen gehört hatte. Anscheinend war es wirklich so, wie Methusa ihm gesagt hatte, dass der Mensch zwei Seiten hatte. Eine wirklich böse, aber auch eine wunderbare gute Seite. Jetzt sah er nur die gute Seite und konnte sich an der Freude von Eltern und Kindern gar nicht satt sehen. Ohne irgendwelche Fragen zu stellen, verfolgte er alles ganz genau. Und selbst als die Trainer mit den Kindern das Wasser wieder verließen, schwieg er noch eine ganze Weile. Dann sagte er zu Baltus: „Danke, dass Du mich mit hierher genommen hast." Dann schwammen sie, nachdem sie sich von Abukir und seinen Freunden verabschiedet hatten, zurück zu den Delphinen. In dieser Nacht träumte Silver, dass er sich ganz nahe zu den Menschen wagte, so nah, dass sie sogar miteinander sprechen konnten…

Silver blieb noch drei Tage bei den Delphinen. Dann machte er sich endgültig auf den Heimweg. Seine großen Freunde gaben am letzten Tag noch ein schönes Abschiedsfest für ihn. Es wurde ein wunderbares Essen serviert, und der Ozeanwein floss auch hier reichlich. Doch Silver war dieses Mal schlauer. Er trank nur ein Glas davon und hielt sich stattdessen lieber an die See-Elefanten-Milch, die er so sehr liebte. Am Ende des Abends verabschiedeten sich alle herzlich von ihm und luden ihn ein, bald wieder einmal zu Besuch zu kommen und seinen Freund Flip, von dem er so viel erzählt hatte, mitzubringen. Silver versprach es und legte sich dann zum letzten Mal neben Baltus um zu schlafen.

Am nächsten Morgen brach er früh auf, weil er ja eine ziemlich weite Strecke zu bewältigen hatte. Baltus begleitete ihn noch ein Stück und dann hieß es wirklich Abschied nehmen. Silver drehte sich noch mehrfach um und winkte seinem Freund mit der Flosse zu. Dann schwamm er zügig los. Der Himmel war herrlich blau und das Meer lag ruhig da. Silver genoss es und beschloss deshalb länger an der Wasseroberfläche zu bleiben, obwohl er wusste, dass er jetzt in tiefere Regionen hätte eintauchen müssen. „Das kann ich später immer noch" sagte er zu sich selbst. „Ist doch egal, ob ich gleich abtauche oder noch ein bisschen hier oben bleibe. Die Hauptsache ist, dass die Richtung stimmt." Und so kam er schon in der ersten Stunde seines Heimwegs gründlich vom Kurs ab.

Gegen Mittag wurde Silver müde und ließ sich einfach im Wasser treiben. Da hörte er plötzlich eine eigenartige Musik. Sie klang ganz anders als die, die er bei Methusas Fest gehört hatte. Die Klänge zogen ihn wie magisch an und er schwamm immer weiter in die Richtung, aus der die fremden Töne kamen. Und dann entdeckte er plötzlich in der Ferne ein braunes kleines Boot. Er erschrak ziemlich, als er es auf den Wellen schaukeln sah. Denn dieses Mal hatte er keine Begleitung, die auf ihn aufpasste. „Soll ich weiter schwimmen oder abtauchen?", überlegte er bei sich und kratzte sich wieder einmal mit seiner rechten Flosse am Bauch. Dann erinnerte er sich an die schönen Begegnungen mit den Menschen und hielt weiter auf das Boot zu. Als er ungefähr noch fünf oder sechs Meter davon entfernt war, entdeckte er einen Mann, der mit geschlossenen Augen auf einer Flöte spielte. Die Flöten bei dem großen Fest von Methusa hatten ähnlich ausgesehen aber ihr Klang war anders gewesen. Unter Wasser klangen die Instrumente gedämpfter und ein bisschen heller und natürlich wässriger. Die Meerestiere waren das gewöhnt und fanden ihre Musik auch in Ordnung. Aber die Musik, die der Mann im Boot spielt, berührte Silver sehr. Ganz still verharrte er im Wasser und lauschte. Je länger er zuhörte, desto mehr Bilder stiegen vor ihm auf. Er sah Flip und Blubb, wie sie miteinander um die Wetter sprangen, er sah Methusa, wie sie nach dem Haiangriff mit ihm auf dem Meeresboden kauerte und noch vieles mehr. Er sah die letzten Monate an sich vorüberziehen bis zum heutigen Tag.

Als der Mann die Flöte absetzte, seufzte Silver: „Das war schön". Der Mann schaute ihn an: „Es freut mich, dass es dir gefallen hat" sagte er. Da Silver gehört hatte, dass Menschen nicht mit Fischen sprechen können, starrte er sein Gegenüber erstaunt an. Dieser lachte: „Du hast dich wohl noch nie mit einem Menschen unterhalten?" Silver nickte und kratzte sich. „Das ist auch nicht üblich. Die meisten Menschen würden dich auch gar nicht verstehen. Doch bevor wir uns weiter unterhalten, möchte ich mich erst einmal vorstellen. Ich heiße Ubuntu". Von den freundlichen Worten ermutigt, nannte Silver jetzt auch seinen Namen. „Bist du allein unterwegs, kleiner Fisch? Wo hast du denn deine Kameraden?" „Meine Kameraden sind... ja die sind ziemlich weit weg. Ich bin allein unterwegs. Aber das ist eine lange Geschichte.

Ubuntu entgegnete: „Das macht nichts. Ich habe Zeit. Viel Zeit." „Aber ich nicht", entgegnete Silver, "ich müsste schon längst auf dem Heimweg sein. Und jetzt habe ich mich verschwommen und so viel Zeit verloren, dass ich heute wahrscheinlich nicht mehr den Ort erreiche, wo ich übernachten soll". „Wenn du willst, kannst du heute Nacht bei meinem Boot bleiben", bot Ubuntu ihm an. „Ich passe auf, dass dir nichts passiert. Dann kannst du morgen in aller Ruhe zu deinem Ziel schwimmen. Und du hast genug Zeit, mir deine Geschichte zu erzählen", grinste Ubuntu verschmitzt.

Silver staunte über das Angebot. Schließlich hatte er diesen Menschen gerade erst kennen gelernt. Aber er spürte tief in seinem Innern, dass er Ubuntu vertrauen konnte. Und so entschloss er sich, da zu bleiben und erzählte wieder einmal seine Geschichte.

Doch dieses Mal war es anders als sonst. Bisher hatte er bei seinen Erzählungen gern ein bisschen übertrieben und seine Erlebnisse gut ausgeschmückt, weil er wusste, dass er dann bestaunt und gelobt wurde. Bei diesem Mann hatte er dieses Bedürfnis nicht. Er sprach ganz einfach und ehrlich. Dass er, seit er Methusa kennen gelernt hatte versuchte, seinen Weg zu finden. Er erzählte von Flip seinem Freund, von Blubb, den er so sehr vermisste und von allem, was ihn bewegte. Ubuntu unterbrach Silver kein einziges Mal; er hörte nur still zu. An seinem Gesicht sah Silver, dass er wirklich interessiert war. Seine Augen waren ruhig und gütig auf den kleinen Fisch gerichtet. Und dieser erzählte seine Geschichte bis zu seiner Reise zu den Menschen, die er so gern kennen lernen wollte, um heraus zu finden, ob sie eher gut oder eher böse waren. Von seinen ersten Erlebnissen mit ihnen bei den Ausflugsdampfern und der Delphin-Station und von seinem Aufenthalt bei den Delphinen. Als er geendet hatte, war es einen Moment ganz still.

Dann sagte Ubuntu: „Ich danke dir für deine Geschichte. Dass du mir vertraust obwohl Dir die Menschen doch recht unheimlich sind." Silver wusste darauf nichts zu antworten. Er konnte selbst nicht erklären, woher sein Vertrauen zu diesem großen dunklen Mann kam. Es war einfach da. Und so schlug Ubuntu ihm eine Pause vor, damit er sich von der langen Erzählung ein bisschen erholen konnte. Ubuntu nahm seine Flöte an den Mund und Silver genoss die wunderschöne Musik und schlief ein.

Als er erwachte war es schon dämmrig und sein neuer Bekannter schmunzelte: „Na, ausgeschlafen?" Silver gähnte und nickte. Jetzt, nachdem er sich ausgeruht hatte, fühlte er sich wieder frisch und munter. Ubuntu reichte ihm ein paar Tangpäckchen, die mit Reis und Kräutern gefüllt waren. Silver nahm das erste Päckchen und versuchte es vorsichtig. Doch nach den ersten Bissen schlang er es gierig herunter. Er hatte seit dem Morgen nichts mehr gegessen. Ubuntu lachte: „Das scheint Dir ja zu schmecken. Ich essen übrigens dasselbe." Und so aßen die beiden einträchtig miteinander zu Abend.

Der eine im Boot und der andere im Wasser. Silver dachte, dass Flip bestimmt nicht glauben würde, dass er von einem Menschen eingeladen worden war. Aber das hatte ja noch Zeit. Jetzt wollte er erst einmal die Gegenwart dieses Menschen genießen, in der er sich so wohl fühlte.

Nach dem Abendessen zündete sich Ubuntu eine Pfeife an und sagte: „Nun bin ich an der Reihe; hör gut zu." Silver legte sich gemütlich auf das Wasser, das ihn sacht hin und her schaukelte und lauschte gespannt.

„Als ich ein Junge war, lebte ich mit meiner Familie in einem kleinen Dorf, nicht weit von hier entfernt. Ich hatte fünf jüngere Schwestern und einen älteren Bruder namens Baako. Wir hatten eine wunderbare Kindheit. Mein Vater hatte als junger Mann in einer Missionsstation lesen und schreiben gelernt und da er eine schnelle Auffassungsgabe hatte und sehr fleißig war, bekam der die Chance sich zum Lehrer ausbilden zu lassen. So hatte er ein festes Einkommen und musste nicht, wie die anderen Männer unseres Dorfes, mit dem täglichen Fischfang unseren Lebensunterhalt bestreiten. Trotzdem schickte er uns Knaben mit den Fischern auf das Meer hinaus damit sie uns in diesem Handwerk unterwiesen. In einem Fischerdorf muss jeder männliche gesunde Mann zupacken können, um zu helfen, wenn Not an Mann ist. Ein weiterer Grund war, dass wir Jungen, falls unser Vater sterben sollte, die Verantwortung für unsere Schwestern bis zu ihrer Verheiratung hatten. Da noch nicht abzusehen war, ob wir auch einmal die Möglichkeiten haben würden, einen Beruf zu erlernen, war der Beruf des Fischers für die ganze Familie eine Absicherung.

Ich liebte das Meer schon immer sehr, aber der Fischfang war mir zu rau und zu blutig. Mein Bruder war anders. Er hatte eine schöne kräftige Statur und er liebte es, wenn das Meer aufgewühlt war, wenn der Fischfang sich schwer gestaltete und möglichste noch ein Netz riss, das dann auf dem Meer repariert werden musste. Im Gegensatz zu mir war er ein Abenteurer und er träumte davon eines Tages auf Haifischjagd zu gehen. Obwohl wir so verschieden waren, hingen wir sehr aneinander und wenn ich auch seine Begeisterung für den Fischfang nicht teilte, so waren wir glücklich wenn wir nach getaner Arbeit mit den erwachsenen Männern alte einheimische Weisen sangen und unsere ersten Trinkversuche machten.

Da wir keine Bevorzugung erhalten sollten, wurden wir nicht zu Hause unterrichtet, was ja auf der Hand gelegen hätte. Wir gingen im Nachbardorf, in dem unser Vater unterrichtete, zur Schule. Das war meine Welt. Hier gefiel es mir. Ich las, was mir in die Hände fiel und träumte von fremden Ländern, die ich bereisen wollte. Allerdings mussten sie am Meer liegen. Ein Leben ohne Wasser war für mich unvorstellbar.

Baako war ebenfalls ein heller Kopf, aber er war ungeduldig. Wenn er Hausaufgaben machen sollte lachte er mich an und sagte 'Keine Zeit, mach' Du sie für mich'. Er ging lieber Netze flicken, half ein Boot zu reparieren oder fand eine andere Arbeit bei seinen Freunden, den Fischern. Im Gegenzug erzählte er mir die aufregendsten Geschichten über das Meer, die ich gierig aufnahm. Er konnte so lebendig erzählen, dass man das Gefühl hatte, mitten auf dem Meer, mitten in seiner Geschichte zu sein. Da konnte ich die Abenteuer erleben, für die ich in der Realität nie den Mut gehabt hätte.

Eines Tages kamen drei Männer unseres Dorfes aufgeregt nach Hause zurück. Sie hatten unterwegs einen großen Haifischschwarm gesehen, der auf unsere Bucht zu schwamm. Da es bei uns nur selten Haie gab, und schon gar nicht in großen Schwärmen, war die Aufregung der Fischer zu verstehen. Nach langen Beratungen kam man überein, den Fischfang für einige Tage einzustellen. Das war eine schwere Entscheidung denn ein Tag, an dem nicht gearbeitet wurde, war ein Verlust für jede einzelne Familie. Trotzdem war das Risiko für die Männer in den kleinen Booten einfach zu groß. So blieben alle für mehrere Tage zu Hause und reparierten kleine Schäden an Werkzeugen und Schiffen.

Dann kam der Tag, an dem ein Boot hinausgeschickt wurde, um zu erkunden, ob von dem Haifischschwarm noch etwas zu sehen war. Mein Bruder meldete sich voller Freude und Abenteuerlust. Da er ausgesprochen gute Augen hatte und mutig war wie kein zweiter, durfte er trotz seiner Jugend mit. Unser Vater war zwar nicht begeistert aber er ließ ihn ziehen. Unsere Mutter war voller Angst aber auch sie schwieg. Bei uns haben die Frauen oft Angst um ihre Männer und Söhne aber sie müssen damit leben. Sonst würden die meisten Familien verhungern. So zog mein Bruder mit den anderen lachend los und raunte mir wieder einmal zu: 'Mach Du die Aufgaben für mich. Ich bringe Dir dafür eine tolle Geschichte über meine Heldentaten mit'. Ich nickte beklommen und hoffte, er würde mein Herzklopfen nicht hören. Lieber hätte ich fünf Jahre lang die Hausaufgaben für meinen Bruder gemacht, als dass ich einmal einem Hai in meinem kleinen Boot begegnet wäre."

Silver hörte mit großen Augen zu. Die meisten Menschen schienen sich tatsächlich vor den Haien genauso zu fürchten wie er. Das war eine Neuigkeit, mit der er am wenigsten gerechnet hatte. Doch er hatte keine Zeit darüber nachzudenken da Ubuntu bereits weitererzählte.

„Die Männer vereinbarten, dass sie abends wieder zurück sein wollten. Während sie losfuhren nahm man im Dorf wieder die gewohnten Arbeiten auf. Doch mittags zogen plötzlich drohend schwarze Wolken über dem Meer auf und eine Stunde später raste ein Sturm von ungeahnter Wucht heran. Die Dorfbewohner hatten kaum noch Zeit ihre Kinder hereinzuholen, die Tiere zu versorgen und ihre Boote weiter auf das Land zu ziehen. Während des Sturmes wagte keiner die Tür auch nur einen kleinen Spalt zu öffnen. Alles, was nicht genügend festgezurrt war, flog durch die Luft. Vergessene Wäsche, Eimer und Schüsseln wirbelten daher und sogar ein Segel tanzte im Wind. Dann öffneten die Wolken ihre Schleusen und in Minutenschnelle schoss schmutziggraues Wasser mitten durch das Dorf.

Es war der schlimmste Sturm seit Jahrzehnten und die Mannschaft mit meinem Bruder war mitten auf dem Meer. Würden sie es schaffen diesem Wahnsinns-Sturm standzuhalten? Und wenn einer über Bord ging, waren die Haie noch da? Je länger das Unwetter tobte, desto mehr drängten sich diese Fragen auf. Erst abends flaute der Sturm allmählich ab und eine Stunde später lag die See ruhig und glatt da, als hätte es nie ein Unwetter gegeben. Im Dorf allerdings sah es wüst aus und die Aufräumarbeiten würden eine Weile dauern. Doch das war unsere geringste Sorge. Wo waren Baako und die anderen?

Eine Suchmannschaft loszuschicken war so schnell nicht möglich, da der Sturm fast jedes Boot beschädigt hatte. Sofort machten sich die Männer ans Werk um die ärgsten Schäden zu reparieren. Am nächsten Morgen in aller Frühe fuhren sie los um unsere verloren gegangene Mannschaft zu suchen. Als sie mittags zurückkamen stand das halbe Dorf am Ufer und wartete. Schon von weitem sahen wir fünf der Männer, die herausgefahren waren um nach den Haien Ausschau zu halten. Doch der Sechste, fehlte: Baako. Ich drängte mich in die vorderste Reihe während meine Kehle immer enger wurde und mein Herz wie wild klopfte. „Wo ist Baako"? schrie ich Tayo, dem ersten, der das Schiff verließ, entgegen.

Ubuntu schwieg plötzlich und schaute in die Ferne. Silver wagte nicht sich zu rühren. Er hatte immer gedacht, die Menschen seien stark und todesmutig. Dass sie genauso Angst hatten wie er war eine überwältigende Erkenntnis. Und sogar vor seinem ärgsten Feind, dem Hai.

Ubuntu hatte sich wieder gefangen und sprach weiter. „Tayo legte mir den Arm um die Schulter: ‚Baako lebt, aber er ist sehr schwer verletzt. Das Boot ist gekentert. Eine Gruppe von Eingeborenen hatte es schon eine Weile beobachtet und sich trotz des schweren Sturmes auf den Weg gemacht um zu helfen. Sie kamen gerade noch rechtzeitig um die Mannschaft aus dem Wasser zu ziehen. Als sie Baako über Bord ziehen wollten hat sich ein Hai in ihn verbissen. Als sie ihn endlich losreißen konnten war er schon ziemlich übel zugerichtet. Er wurde gleich in das Dorf seiner Retter transportiert und dort wurden die Wunden versorgt. Er wird jetzt gepflegt und wir hoffen alle, dass er überlebt'. Ich sah, wie mein Vater kreidebleich wurde, sich umdrehte und nach Hause ging. Ich ließ ihm genügend Zeit diese Nachricht meiner Mutter zu überbringen. Als ich nach Hause kam packte er gerade sein Bündel und sagte: 'Ich gehe zu Baako. Bleib Du bei Deiner Mutter und Deinen Schwestern bis ich wieder zurück bin'. Ich nickte, obwohl ich ihn gern begleitet hätte. Aber ich wusste, dass ich im Moment die Verantwortung für die Familie trug. So wartete ich voller Ungeduld auf die Rückkehr meines Vaters.

Zwei volle Wochen blieb er weg. Dann endlich stand er eines Tages in der Tür. Zitternd sank meine Mutter an seine Brust. ‚Baako lebt', waren seine ersten Worte, ‚aber er ist noch nicht ganz über den Berg. Ich kann nicht mehr länger wegbleiben. Der Unterricht für die Kinder ist jetzt vierzehn Tage ausgefallen. Morgen muss ich weitermachen. Baako möchte Ubuntu sehen und er soll bei ihm bleiben bis er das Schlimmste hinter sich hat'.

Bevor ich ging, nahm mich mein Vater an die Seite: Hör' zu, Ubuntu. Dein Bruder braucht jetzt Deine ganze Unterstützung. Er ist nicht nur schwer verletzt. Er hat sein rechtes Bein verloren'. Als ich das hörte erstarrte ich vor Entsetzen. Mein lebens- und abenteuerlustiger Bruder hatte ein Bein verloren. Wenn er überhaupt überlebte würde er für immer behindert sein. Voller Schmerz und voller Zorn auf die Haifische machte ich mich auf den Weg zu Baako.

Schmal und blass lag er in seinen Decken. Die Eingeborenenfrauen hatten ihn liebevoll eingewickelt und allerlei Köstlichkeiten an sein Lager gestellt um ihn zu kräftigen. Doch die meisten Speisen sahen noch unberührt aus. Als Baako mich erblickte huschte ein Lächeln über sein Gesicht und seine eindrucksvollen Augen begannen zu glänzen. ‚Ubuntu, wie schön, dass Du da bist. Ich bin noch ein bisschen schwach aber sobald es mir besser geht erzähle Dir von meinen Heldentaten'. Sprachlos starrte ich meinen Bruder an. Dass er furchtbare Schmerzen hatte, sah man ihm an und dass er Angst hatte, ahnte ich ebenfalls. Er hatte sein Bein verloren aber seinen Lebensmut hatte er den Haien nicht überlassen. Ich würde alles tun damit er wieder zu Kräften kam und ein gutes Leben führen konnte. Doch zuerst folgten noch einmal bange Wochen, in denen immer wieder das Fieber anstieg. Doch dank der Frauen, die ihn pflegten, überstand mein Bruder diese Zeit und eines Tages hatte er die Krise dann endgültig überwunden.

Es folgte eine schwere Zeit für Baako. Die Wunde war noch lange sehr schmerzempfindlich und trotzdem musste er üben, mit zwei hölzernen Krücken zu laufen um nicht noch mehr Muskelkraft zu verlieren. Während Baako sich mit seinen Krücken abmühte bemerkte ich staunend, dass er keinen Zorn in sich zu tragen schien. Ich hatte einen glühenden Hass auf die mörderischen Haie entwickelt und stellte mir vor, wie es wäre, wenn ich zu den Haifischjägern ginge. Heimzahlen wollte ich es ihnen. Sie hatten das Leben meines Bruders zerstört und hätten es um ein Haar ganz vernichtet. Doch vorerst hatte ich dazu gar keine Zeit. Ich musste mich um ihn kümmern.

Nach zwei Monaten konnte Baako schon ziemlich sicher längere Wege an den Krücken gehen. Eines Tages überraschte er mich mit dem Wunsch, mit ihm an das Meer zu kommen. Ich willigte zögernd ein borgte bei unserem Nachbarn eine Handkarre. Am Strand setzte ich ihn vorsichtig in den Sand und wir schauten dem Spiel der Wellen zu.

‚Ich denke, ich muss mir den Wunsch auf Haifischjagd zu gehen aus dem Kopf schlagen', sagte Baako nach einer Weile nachdenklich. Ich nickte zustimmend. ‚Aber ich habe eine Idee: Wir zwei könnten doch in eine größere Stadt am Meer ziehen und dort eröffnen wir gemeinsam eine kleine Bootsvermietung. Die Leute lassen wir nicht allein auf das Meer sondern wir fahren mit. Du erzählst ihnen, was es über das Meer und seine Bewohner zu berichten gibt und ich erzähle ihnen dann Abenteuergeschichten. Ich wette mit Dir, dass das Geschäft blüht. Meine Geschichten sind unschlagbar. Vor allem die letzte. Wer kann schon erzählen, dass er einmal im Maul eines Haies gesteckt ist. Wenn sie es nicht glauben, ziehe ich mein Hosenbein hoch und zeige ihnen dann mein Holzbein. Bis dahin habe ich hoffentlich eines'. Ich war so verblüfft, dass mir gar nicht gleich eine Antwort einfiel.

Dann wurde er aber plötzlich ernst. 'Ist es meinetwegen? Du willst meinetwegen zu den Haifischjägern und meinen Unfall rächen, nicht wahr'? Verlegen nickte ich. Doch da redete mein Bruder schon weiter: 'Glaubst Du, dass es mir dann besser geht, wenn Du Dich sinnlos in Gefahr begibst? Was soll das bringen? Ich hasse die Haie nicht. Allerdings fürchte ich sie sehr und werde mich bestimmt nie wieder freiwillig in ihre Nähe wagen. Die Haie leben von Fisch und Fleisch und fressen was ihnen vor die Zähne kommt. Das müssen wir respektieren ob es uns gefällt oder nicht. Lass uns lieber Pläne für ein neues Leben schmieden'.

Auf mein Drängen hat mein Bruder eines Tages begonnen zu schreiben. Ich kenne niemanden, der so eine wunderbare Phantasie hat, wie er. Als Baako vor zwei Jahren gestorben ist, bin ich wieder in unser altes Heimatdorf zurückgegangen. Hier werde ich die letzten Jahre meines Lebens verbringen. Manchmal nehme ich die Kinder und die Enkel meiner Schwestern mit hinaus auf das Meer und erzähle ihnen die wunderbaren Geschichten ihres Onkels. Die letzte habe ich übrigens hier."

Ubuntu hielt Silver ein Buch vor die Nase. Auf der Vorderseite waren zwei springende Delfine abgebildet, in deren Mitte ein kleiner fliegender Fisch zu sehen war. Darunter stand in große Buchstaben. „Silvers abenteuerliche Reise zu den Menschen".

Mit großen Augen betrachtete Silver das Buch. Ubuntu lachte leise und sprach dann weiter bevor Silver etwas sagen oder fragen konnte:

„Ja, mein Kleiner, ich habe Dich erwartet. Doch jetzt musst Du los. Wenn Du heute Dein erstes Ziel erreichen willst, dann solltest Du früh genug losschwimmen. Wir frühstücken jetzt miteinander und dann wird es Zeit für Dich. Ich möchte nicht, dass Dir etwas unterwegs passiert, weil Du zu spät loskommst und ohne Schutz übernachten musst." Silver nickte dankbar. Wie am Abend zuvor ließen die beiden sich die restlichen Tangpäckchen, gefüllt mit Reis und Kräutern, schmecken. Nach dem Essen schwamm der kleine mutige Fisch dicht an das Boot. Ubuntu hielt seine Hand ins Wasser und Silver berührte einen Finger ganz kurz mit seiner Schnauze, wie zu seinem Kuss. „Auf Wiedersehen" sagte er. „Sehen wir uns wieder?" Ubuntu zuckte mit den Schultern. „Das liegt an Dir", sagte er. „Ich kann dahin, wo Du lebst, nicht kommen. Wenn Du mich sehen willst, dann findest Du mich. Ich bin oft hier, wenn das Wetter schön ist." Silver nickte. Dann drehte er sich um und schwamm los. Er sah zwar Ubuntu, der ihm nachwinkte, nicht. Aber er fühlte, dass dieser ihm nachschaute. Er sprang zum Abschied ein paar Mal in die Luft – immer höher und höher. Über ihm wölbte sich der blaue wolkenlose

Himmel, unter ihm glitzerte das Meer und er war voller Freude über seine wunderbare Begegnung mit einem Menschen.